文芸社セレクション

忘れ形見は叔父と暮らす

菅原　千明

SUGAWARA Chiaki

文芸社

忘れ形見は叔父と暮らす

突如として耳に入った女性の怒声に、ぎょっとして足を止めた。

「さいってい！」

単語の意味が、最低であることに遅れて気づく。

最低と呼ばれてしまう人間が、この付近にいるということになる。

交通事故と病気で両親をそれぞれ亡くし、親戚に引き取られる真白《ましろ》は、転居先の敷地に入った瞬間の出来事にさっと血の気が引く。なるべく穏便に日々を過ごしたいのに、明らかに問題と思えるものが耳に入ったのだ。参った、とまだ直面したわけでもないが思わずにいられない。

先ほどの怒声の持ち主であろう女性が玄関から出てきて、真白と鉢合わせになる。女性の方も真白の存在に驚いたらしく、肩を跳ね上がらせた。

「……っ」

何かを言おうとしてやめたかのような間の後、ヒールをかつかつと鳴らして女性は去っていく。呆然とそれを見送ったあとに、この家に入らなければいけない運命を呪いたくなった。

逃れたくてたまらない気持ちで視線を泳がすと、表札が目に入る。木の板に、筆で『花崎』と書かれていた。もはや逃げようがない真実を目の当たりにし、くらくらとめまいがする。

家主は、母親の弟。つまり真白にとって叔父にあたる人物が引き取り手なのだ。

ちゃんとした形で会ったのは、まだ真白が物心もつかない頃で、顔を合わせるのは今回がはじめてといっていい。親の葬儀に現れたらしいが、真白はその姿を視認していない。そもそもどんな姿をしているか知らないので、視認も何もないのだ。

このまま踵を返しても行くところがない。いっそのこと野宿でもしようか、と現実味のない考えが頭を過ぎる。呼び鈴に伸びる指は、抵抗するかのように震えて、それ以上は動こうとしない。参った、とまた思う。今度はつい口に出していた。

まさに路頭に迷っている状況が、逆に笑えてくる。ぼくに死ねというのか、と神様的なものに愚痴をこぼしたとき、玄関の戸が開いた。

「なんだ、来ているじゃないか」

「……っ！」

呼吸が止まりそうになった。それから、はじめて見る叔父の姿にたじろぐ。

思っていたよりも若い。まだ三十……いや、二十代ではないか。正確な年齢を計ることはできないが、漠然と若いと思った。美容院を行くのをサボっているような、伸びっぱなしの髪の毛を無造作にひとつに束ねているが、不思議と不潔な感じはしない。格好も、いかにも部屋着だが、良くて近所のコンビニまでは行ける。洗い立てのようにまっさらなそれは、見るものによれば気にならないだろうから。

目が回ってぐるぐるする。こんな分析をしている場合じゃないのに。

「何突っ立っているんだ、お入りよ」

「え、あ」

動かないままでいる真白を不思議がるように、小首を傾げ眼鏡の奥の瞳でじっと見つめてくる。促されているのに停止している真白を、それでも急かさず待っている。

さっきの口ぶりで、なかなか来ない真白を迎えに行こうとしていたと思われるし、その無言の圧に負け、真白はようやく足を踏み出した。玄関の戸を開けて、真白を招き入れる。入ったのを確認すると戸が閉められて、退路を絶たれた思いだった。

「無言だなぁ」

廊下を歩きながら、叔父が独り言のようにつぶやいた。笑いも呆れさえも含まれていない、淡々としたもの。だが真白に向けられているのは明白で、強ばりっぱなしの肩がびくつく。

荷物が入ったリュックを唯一の心のより所にするように抱きしめ、何とか気持ちを落ち着かせようとするが上手くいかない。

居間へ通され、座るよう促される。リュックを抱きかかえたまま半ば頽れるように膝をついた。叔父は黙っていなくなってしまい、一人取り残される。ほっとしたいはずなのに、何故だか両親に置いて行かれた自分がフラッシュバックする。ああ、と思う。

いつまで、この何もない感覚を、自分が果てしなく孤独であるという寂しさを、抱えなくてはいけないのだろう。

そのくせ、親が亡くなったというのに、取り乱すこともなかった。ただ茫然と時間が過ぎていくのを待っているようだった。でも、待ってその先に何があるのだろう。きっと何もない。

俯いて、膝先を見つめているとき。叔父がまたしても黙ったまま戻ってきた。

テーブルに、何かが置かれる音に顔を上げる。湯呑みにいれられたお茶の湯気の向こうに、こちらを観察するように見ている叔父がいた。視線がまともにぶつかり合い、逸らせなくなる。

「……さっき、女の人が」

何かを口にしたくなって、つい出たのはそれだった。真白が話したからか、その話題が意外だったのか、目を丸くする。

「ああ、あれね。トモダチ」

「………」

そんなふうに簡単に返す。誤魔化されているのだと察して、それ以上は聞けなかった。そもそも、話し出すことは、きっとそれではない。人を怒らせる、最低だと言われる目の前の男には、きっと問題がある。穏やかではない、この人にとっては日常茶飯事なんだとしたら、真白はやはり頭を抱えたくなる。

面と向かっていると、不思議と先ほどまでの印象が薄らいでいく。言葉では説明のつかないもの。血縁者だからだろうか、なんて真白にしては感傷的なことを思う。そんな資格があるのかも分からないまま。自分はきっと薄情だから。

血の繋がりがあるだけで、心が繋がれるなんておとぎ話の域だ。現実はそんなに甘くはない。どちらにしろ、他人にも身内にも心を開けないなら同じことだ。壁は誰にも平等にそびえ立つ。自分で作ったものも、相手が作ったものでも。

叔父は二つあるうち、一つの湯呑みを引き寄せて口を付けた。ふう、と息を吐き、おもむろに言葉をこぼす。

「俺は君を知っているけど、君は俺を知らないよね」

湿った唇を、撫でるように触った。真白はその質問に、こくりと頷いて答えとする。

「俺はね――……君のお母さんの弟だね。うん、そう」

自問自答を目の前で行われ、真白は話し出すどころか余計に黙ってしまう。相手の沈黙に頓着せず、ズボンのポケットを漁っている。真白の前に座ってから、少し落ち着かない様子だ。

「……我慢、子供がいる」

「…………」

我慢？

何かを言い聞かせるような、独り言のようなそれに、首を捻る。

だが真白の無言の問いかけに答えてはくれず、何の意味があるのかズボンのポケット辺りをはたく。ますます分からないが、真白は下唇を噛んで堪えた。

「花崎《はなさき》御早《みはや》」

はじめて聞く名前は、どうやら叔父のものらしい。御中のおんに、月日が経つのが早いなぁの早い、という漢字の説明も付け足す。はあ、という空気の漏れたような声すら出ない。自己紹介をゆっくり咀嚼するふりをする。

「ああ、くそ。悪い、ちょっと一服してくるから、ゆっくりしてて」

「あ……」

　煙草が吸いたかったのか、と合点が行く。家主なのだから、自分なんかに気を遣う必要はないのに、と引き止めようかとも思ったが、叔父の御早はそそくさと居間を出て行ってしまう。

「………」

　息を吸い、大きく吐き出す。黙って出て行かれなければ、ぽつんと残されたことに不満も不都合もなく、むしろ有り難かった。一人は安心する。誰に気兼ねすることもない。叔父も、自分なんかに構わなくていいのに。律儀に挨拶や自己紹介をしてくる人物に、つい思う。今日からこの家で世話になる身で勝手だが、そう思ってしまうのは仕方がない。直接、自分に干渉しないでくれと言える立場ではないので、もちろん言うこともない。思うだけなら自由だ。

　御早のことは、当然ながらまだよく知らない。現時点で、どんな顔でどんな声をしていて、とほぼ見た目以外のことを何も知らない。ああ、とそこで嫌なことを思い出す。女性ともめていたのだ。

真白には未知だが、面倒であろうことは想像できる。

世話になる家の主は、女性関係が荒いのだろうか。その面倒に、真白自身関わらないで逃げ切ることができるのだろうか。

「……面倒だな」

正座していた足を崩し、傍らに置いていたリュックを引き寄せる。一服とは、どれくらいの時間をかけるのだろうか、と考えながらも、緊張しっぱなしだった身体と精神を甘やかしたくてしょうがなかった。さすがに寝転がるのはだめだろう、でも、なんだか疲れた。もう、疲れた。

眠るつもりなどなかったのに、意識が浮上すると眠りこけていた自分に驚いた。

腕を突っぱねて起きあがると、身体に薄い毛布が掛けられていることに気づく。こんなことをしてくれるのは、当たり前だが叔父だろう。この家に、叔父以外の人間がいないのなら。少し眠ったおかげで、身体も気持ちもだいぶ楽になっている。

大げさではなく、傍目からでは分からない伸びをして、こみ上げた欠伸もかみ殺す。

ふと見たテーブルの上に、さっきまでなかった用紙の束があり、ペンが転がっている。何かの作業中といった様子のそれらを寝起きの頭のままぼんやりと眺め、無意識に何だろうとその正体を考えた。文字の羅列。……小説？

部屋の中を見渡すけど、誰もいない。叔父は、どこへ行ったのだろう。一服をしに行って、どれくらい経ったのか。体感では、そんなに経過していないとは思うのだが。

「あ、起きた」

すらっと横開きの戸を開けて戻ってきた叔父は目を丸くしてから、さっきと同じ位置に座った。やはり作業中だったらしく、ちょうど用紙の束の真ん前。身を乗り出し、流れるような動きでペンを握ると頬杖をついた。顔は正面の真白に向いている。

「おはよう」

口元を緩め、挨拶をされる。真白は頭がすっきりしているはずなのに、まだどこか夢心地のようにぼんやりと顎を引いた。

「よく寝てたね」

「……………すみま、せん」

「構わないよ、むしろいい感じに力が抜けたんだなと嬉しいくらい」

眼鏡のレンズの奥で目を細めながら、そんなことを言う。脱力したのは、この部屋に一人になったから、叔父が一服で退室したおかげであるとは、とても言えない。ほぼ初対面の相手がいて、ぐーすか眠れるわけはない。あらがえない疲労で眠気が誘発されたのは仕方ないとはいえ、失敗した、と真白は悔いた。

「……お仕事、ですか、それ」

「え。あー」

「ぼくに、構わなくても……付いていてくれなくても、その」

放っておけ、と暗に言ってしまった。さっきまで言うつもりはなかったのに、一回寝て感覚が緩んでしまったのかもしれない。

「あはは、もしかしてうざがられてる?」

「っ、や」

直接的な表現にたじろぐ。世話になる身で、自分は何の主張もしたくなかったのに。気持ちを見透かされていることにも、困惑する。

「いいよ、難しい年頃だもんな」

「……」

そういう物言いをされて、改めて相手は大人なんだと、底のほうに落ちていく感覚を味わう。大人とは、上にいる。子供である自分は、どこまでも下方だ。全力でも敵うことがない。すべてが負けで、勝つことはない。

「腹減ったな。何か食べたいのある？」

もう昼なんだけど、と付け加える。少し見渡すと、柱の壁掛け時計は十二時半だった。

「……ありません。気を、遣わないでください」

「俺も減ったから、別にきみだけを尊重しているんじゃあ、ないよ」

「………」

「献立考えるのは面倒でさ、きみに頼ってるだけだよ」

真白も空腹を覚える。そう、どんなときでも。

「だから、何でもいいは却下な」

真白は、下唇を噛んだ。これらの言葉は、こちらを気遣っていないふうで、でも真白が気に病むのを和らげようとしてくれているのだと、深読みできる。大人はいつも、子供よりも何枚も上手で、悔しい。どんなに頑張っても真白はまだ子供で、大人にはなれないのだ。

素直に甘えることとは、子供である自分を受け止める行為だ。悔しい、どれだけ考えたって、あちらにはきっと筒抜けなのだ。

「……あなたは」

「御早です」

「あなたは、いつも、どんな感じの食事なんですか」

「俺？　うぅん、情けないがレパートリーは少ないな。ご飯と、何かおかず……焼き魚とか」

「……ぼく、手伝います。本当は全部したいですけど、得意じゃなくて」

「料理？　そんなの、苦手でもおかしくないだろ。俺だって好きではないし」

「だったら、なおさら……。勉強します」

自分がしなければ。自分のことだけじゃ、だめだ。自分がここにいて良かったくらい思ってもらわなければ。自分は余計な存在だから。

「はは」

空気が抜けるような笑い声。やさしい響き。

「そんな気負うなって」

ペンを転がし、腕が真白に向かって伸びてくる。そんなに大きいテーブルではない。対面席とはいえ、腕は真白まで届いてくる。左のこめかみ辺りに、やわく触れる。髪の毛が、くしゃりとなる。

じわり、と熱が肌に伝わる。

「……っ」

「んで？　何にする？」

ぐう、と御早の腹の虫が鳴る。

真白が退く前に、腕が離れていく。それを目で追って、ふと視線がぶつかり過ぎていることに気づいた。真白は御早を追い、御早もまたやさしい目をして真白を見ていた。

「……簡単な、ものでお願いします」

「遠慮すんな」

「いや……遠慮とかじゃないですけど」

ただ、レパートリーが少ないと言う人に、あれやこれやなんて注文する気にはなれないだけだ。自分の心の内は、声に出さないだけでいつだって差し出がましい。遠慮なんかしていない、生意気なものであふれている。

「本当に何でもいいんです」

苦し紛れに、絞り出すように言う。参り切ってしまって、適当なメニューさえも思い浮かばない。

「じゃあ二択にしよう。おにぎりか、お茶漬け」

「……」

「引くな。しょぼいのは分かってる」

「引いてません。しょぼくないです」

本音のつもりだったが、間合いが早すぎた上に早口でまくし立てた感じになったのが何だか嘘っぽく聞こえたんではないだろうか。背中がひやりとした。ああ、と嘆く。ここで失敗をこのまま停滞させれば、重い気持ちが拭えない。は、は、と呼吸が漏れて、変な笑い方をしたみたいな状況に陥る。底のほうから、全部の息を吐き出すかのごとく、声を、言葉に、変える。

「お、おにぎりがいい、です」

噛まずに言えたのが奇跡に近い。一人で勝手に追いつめられ、動揺も隠せない。本当はこの場から逃げ去りたいが、情けないことに足に力が入らない。

「おにぎり」

御早が復唱する。それから小さく気合いを入れたふうに息をもらし、湯呑みのお茶を飲み干した。

「さっそく行ってくる。ちょっと待ってて。あ、トイレ平気？　この部屋出て左手の奥だから」

　何かと気遣わしげに言葉を残し、まとめた書類や筆記用具を持ち去っていく。さっきも思ったが、移動が静かだ。空腹のはずなのに、急ぐ様子もなく穏やかな空気を漂わせたまま去る。

「…………………」

　再び一人になった。手伝いに、と申し出たい気持ちもあったが、再度訪れた一人の時間と空間に甘えたくなる。これだから自分は子供でだめなんだと、忙しい複数の感情に振り回される。でも空腹がやっぱり大きい。見事にやる気を奪われて、悩むのも疲れてしまう。

「うぁ……」

　たまには意味のない声をもらしてガス抜きしないと苦しい。御早がいてはできないことだ。ここでひょっこり具は何にする？　なんて聞きに来ないことを祈りつつ、後ろに倒れる。また寝てしまったらまずいが、肌寒さを覚えて薄い毛布を引き寄せた。

　誰かが、自分のためにご飯を作ってくれる。それを安心して待っていられることは、この上ない贅沢なんだと思い出された。

　母の手伝いなど、何もしない子供だった。

母はいつも、文句も言わず、嫌な顔一つせず、食事の支度も、片づけもしてくれていたのに。

こうなることが分かっていたら、手伝っていたのに、なんて偽善な言い訳もいいとこだ。きっと、その場で楽なほうへ、楽なほうへ、と過ごしたに違いない。自分はきっと何もしない。

どうしてだろう。眠くもないのに微睡むのは。畳に頬を当て、身体が溶けていくような気さえした。このまま床と一体化しそうだ。もちろんそれは錯覚であり、実際に真白の本体はここにある。どうしてだろう、動けないのは。きっと疲れだけじゃない。その何かに、身体が言うことを聞かない。心地が、よかった。

しばらくして、がばっと起きあがる。澄ませていた耳に、微かに足音が届いた。また寝てる、と思われたくはない。手遅れな気もするが、繰り返していい理由にはならないだろう。

「お待たせ。一応食べるとこあっちだけど、持ってこようか?」

「いえ、行きます」

すっくと立ち上がり、毛布を簡単に畳む。リュックをちらりと見て、それから目を逸らした。

台所に並んだ部屋のテーブルに、おにぎりが二個載った皿が二枚、湯気を立てている湯呑みが二つあった。今までとは品数が圧倒的に少ない食卓だが、テーブルの小ささもあって大げさな寂しさは感じなかった。

「味噌汁飲みますか、俺は飲みます」

「あ、はい……」

問いかけなのか何なのか、こちらの返事は気にしていないふうに、椀を二つ持ってくる。真白は突っ立ったまま、味噌の匂いが鼻を掠めるのを感じた。間違いなく、食卓ができあがる。

「おいで」

と、手招きされる。すでに席に着いていた御早に倣い、先ほどと同じように対面に座った。きちんと並べられた箸は、真白がこれまで使っていたものよりも長かった。わ、と吸い込まれるように見つめてしまう。

「あ、新調したやつだからね」

一足先に箸を手に取り、息を吹きかけ冷ましていた味噌汁に口を付ける。

「これインスタントなんだ。嫌だったら次からは作るから、今日は勘弁して」

ふぅふぅ、と冷ましながら、箸でかき混ぜる。インスタントの味噌を溶かしているのだ、とそれを聞いて思った。箸を用意してもらったことに対するじんわりとした感動もまだ抜けきっていないのに、次から次へと真白を気遣う言葉ばかりが飛び出てくる。

味噌汁の表面を見つめ、眼鏡のレンズをわずかに曇らせている御早を、真白は観察するように眺めた。不躾なその態度に気づいているのかいないのか、御早は味噌汁を味わっている。

ようやく一口をその喉に注ぎ落とすと、顔を上げて真白を見返した。ばち、と目が、またまともにぶつかる。

「食べないの？」

「あ、た、食べます。いただき、ます」

「はい、どーぞ」

やさしい表情をする人だ。できて当たり前のことをしただけで、褒めてくれるような目をする。お利口さん、とまるで小さい子供に言うみたいに、御早は微笑む。

皿に載ったおにぎりを手にして、かじる。米の甘みと絶妙な塩加減が、舌の上で踊るようだ。

「……美味しい」

思わず言葉が漏れる。自分で発言したことに驚いて顔を上げると、御早も同じような顔をしてこちらをまっすぐ見ていた。

「美味しい？」

「え。は、はい……美味しいです」

「……ふっ」

味噌汁の椀をテーブルに置き、箸を持ったままの手で口元を隠した。その動きの着地点が分からず、まじまじと動向を窺ってしまう。笑った？　怒って、はいないだろう、褒めたのだから。

目の前の叔父がよく分からない。自分は何かまずいことを言ってしまったのだろうか。

「あの……」

「作り甲斐あるね、きみに食べてもらえると」

退けた手の向こうで、御早は笑っていた。

言われた言葉を反芻すると、安堵と共に何故だか照れてしまう。自分の言動が、誰かを嬉しそうにできるのだと、それが何だかくすぐったい。

「やっぱり味噌汁も作れば良かった」

「そんな、えっと……インスタントも、美味しいですよ」

「うん、まあ」

箸を持っていない左手で、首筋を掻く。

「でも、きみに褒めてもらえるなら、作れば良かったなって、思ったの」

「…………」

どんな感情が去来したのか、真白自身も分からなかった。ただ、呆然と目の前の叔父を見つめていた。

自分なんかに褒められるからって、わざわざ手間を増やそうとするなんて、にわかに信じられない。それほど価値のある人間なつもりはない。

視線が、顔と一緒にゆるりと下がって、おにぎりが見えた。米粒の一つ一つを確認するように、じいっと食い入る。なんなのだろう、この気持ちは。なんという表現をすれば適切なのか、分からない。正しい形は、既存しないのかもしれない。

これは、真白の中で新たに生まれた感情なのかもしれなかった。


「ベッドのほうがいいかね」

真白の部屋に敷かれたまっさらな布団を見下ろし、御早は顎を触った。ふうむ、と唸っている。

「あの、お気になさらず……」

「まあ初日は仕方ない」

御早は、それでも箸や食器など準備していてくれたのだ。何から何まですでに揃えられていたら、恐縮のし過ぎで背まで縮みそうだ。だから、本当に気にしなくていいのに。十分に、ありがたいのに。自分が来ることを、まるで楽しみにしていてくれたみたいで、真白も悪い気がしないのだから。

「御早さん」

「ん？」

「あの……ありがとう、ございます。お世話になります」

タイミングが合っているかは不明だが、言おうとしていた言葉は今になって勇気を伴い、飛び出してくれた。まともに挨拶も出来ていなかった。いくら母の弟で血縁者とはいえ、礼儀がなっていないのは、きっとだめだ。もっとも真白には、まだ他人に近い感覚なのだが。

御早は、どう思っているのだろう。

引き取ってくれたのはもちろん、何かと世話を焼いてくれるのは、憎からず思ってくれているのだろうか。嫌でもまだ表面しか見えないので、何とも言えない。

どちらにしても、真白は覚悟を決めなくてはいけない。

「こちらこそ」

手を差し出される。握手を求められている、と数秒だけ固まってから、その手を掴もうとすると、すかっと空を切った。え、と思う間もなく、その手は真白の頭に乗った。

「夜は、一緒に寝るのと一人で寝るのどっちがいい？」

「え」

なんという二択を迫ってくるんだ、この人は。信じられないものを見るような目を思わず向けてしまうと、悪戯っぽく笑われた。

「冗談ですか？」

「いや？　質問自体は本気」

「……手を」

軽く抵抗を示すけど、手は退けられない。それどころか、くしゃっと髪を混ぜられる。さらっさらだな！　と驚愕されるのを、真白は無言でやり過ごした。

「で、どっちにする？」

「……ひ、一人で」

どちらか選ぶとしたら、間違いなくそうだろう。逆に問われたから混乱しただけで、一人で寝るのがふつうであるし、真白も最初から一人で眠ると思っていた。叔父と一緒に寝るなんて、小さな子供じゃあるまいし。

新しく生まれたその選択肢は、あまりにも過保護ではないだろうか。

御早だって、寝るときまで甥と一緒にいたって仕方ないだろうに。どうして自ら進んで心労を増やそうとするのかが謎だ。適当に放っておいてくれてもいいのに。そんなにやさしくしなくて、いいのに。

御早はまだ、手を退かさない。髪の毛を一房つまんで、いじっている。枝毛探しのような様子に、女でもないので恥ずかしくはないが、気まずい。強く振り払えず、動けないから硬直するしかない。せめてとばかりに、自由な口を動かす。

「……あ、あの？」

「ん？」

「そろそろ、あのぅ……手を」

背が高いので、見上げなければならない。視線での訴えを正確に受け取ったかは不明で、でも御早はようやく手を離し、指の隙間から、髪はさらさらとこぼれ落ちていった。

「明日、ベッド見に行こうか」

「え？」

「ベッドだけじゃなく、なんか必要なの、諸々」

え、え、と話に追いつけないまま、御早は部屋を出ていこうとする。あんなに身にまとわりつくようだった熱の存在が、あっけなく離れていくことに肌寒さを感じるようだった。人口密度の問題だったかもしれない。でも寂しさを感じてしまったのも、確かだった。

「いつでも一緒に寝るから、言ってね」

からかっているのか、本気なのか、どちらともつかない言葉を最後に、姿は完全に見えなくなってしまう。扉で隔てられ、気配が去っていく。

「………」

ぽかんと、する。何かを言おうとしていた口はぱくぱくと力なく開閉を繰り返し、抵抗のためあげていた腕は所在なく宙を彷徨った。

夕食も入浴もすでに済んでいる。時刻は二十二時。もうすべきことはなく、布団がこうして鎮座しているのなら眠るしかないのだろう。煌々としている電気を消し、とりあえず横になって布団を被る。

とくに目が冴えているわけではなく、かといって眠いわけでもなかったが、徐々に自身の体温で温かくなっていく布団に、微睡んでいく。

昼間、うたた寝とはいえ、意識を手放したのに。まだ眠れるのだな、と思う。

保育園だったたか、幼い頃にはそういえば昼寝の時間があったなと思い出した。あの頃は、何を心配することもなく、本能の赴くままだった。とてつもない庇護下で暮らしていた。

母親の体温に包まれていた記憶。笑い顔、笑い声、あやしてくれる揺りかご。そういうものばかりに包まれて、守られて、安心しきっていた自分。ずっと浸っていたかった。ずっと一緒だと思っていた。離れていくなんて、そんな不安もなく。

「おかあさん……」

いない。いない、どこにも。見える範囲にいてくれないと、心細くなる。探しにいく行動力さえも奪われ、ただそこに立ち尽くす。声を張り上げ、呼ぶ力もない。こわいから。

独りは、こわいから。真っ暗闇だ。一筋の明かりも感じられない。母親どころか、いつの間にか何も見えなくなっていた。

目を開けても、閉じても、暗闇は変わらない。自分が今、立っているのか座っているのかさえも分からない。

ぼう、と仄かな熱が、近づいてくる。温かい。温かい何かが、頭に乗せられた。

おかあさん？

おかあさんなの？

声にならないまま問いかける。手だ。手が、真白の頭を撫でている。それでもう問いかけることもやめて、それを受け入れる。この温かさを、知っている。覚えている。

やがて、頭を撫でていた手が離れたかと思うと、身体をぎゅっと抱きしめられた。全身が熱に包まれる。さっきまでの不安が、嘘のように消えていた。おかあさんは、いなくなっていない。ずっとそばにいてくれたのだ。そうだ、死んだなんて嘘だった。

嬉しい、良かった。嘘で良かった。

目が覚めると、身体が動かなかった。金縛りだろうか。しょぼしょぼする目で見えるのは、明るい部屋の天井だった。木目が縦で、見慣れたものではない。家じゃない。……数秒間、動くことを止めていると、ここが叔父の家であることを思い出す。ふかふかな布団に埋もれたまま、目をぱちぱちとさせた。

それにしても、と。違和感のほうに意識を向ける。金縛りというのは、朝晩など関係ないのだろうか？　しかし恐怖はなく、ただひたすら重い。身体の自由を奪っていたのは、紛れもなく家主で叔父の御早であることを、横目で確認できた。

「……………」

真白が無言で状況を整理している中、健やかな御早の寝息が室内に響く。

昨日の会話を思い出す。一緒に寝るか一人で寝るかという問いは確かにあり、でも真白は一人で寝ると答え、御早もそれを承知して部屋を出ていったではないか。それなのに何故、この人はここにいるのだ。一つの布団に男二人が押し込められているのは、御早が真白の身体にこれでもかと密着しているからできていることだった。

抱きしめられている。

……何故。

目が、天井ではない遠くを見た。朝からこんなことで騒ぎ立てる元気もなく、そもそも動けないのだ。意識のない人間は重いというのは知っている。ただ無意識で、どうして腕を絡み付けていられるのだろう。抜けているべき力は、何故真白を包んで離さない。抱き枕とでも勘違いされているんだろうか。もう一人でいくら考えたって仕方のないことばかり頭を巡る。

「……御早さん」

寝起きの掠れた声で、名前を呼んでみる。ん、と小さく唸るものの、眼鏡を外している彼は一向に目を開ける気配がない。これは、参った。

早々に面倒なことが起きた、と覚醒した意識をまた手放したくなった。

「あの、御早さん」

「…………ん」

「そろそろ起きてくださいよ……動けないですよ」

自身の肩を動かし、御早に振動を与える。するとようやく、不快そうに眉を寄せ、口をもごつかせた。ずり、と腕の力が弱まり、その隙を見逃さぬよう、何とか抜け出そうとする。

「んんー」

「あ、ちょっと」

ぐずるように唸り、頭を抱え込まれる。まるで玩具を取り上げられた子供の無邪気さで、我がもののように抱きしめてくる。胸板に頬を押しつけられ、ぐにゃりと肌が歪む。

どれだけ深く寝入れば、ここまで覚醒が遅れるのか。さっき、少し目を覚ましそうだったのに。また夢の世界に行ってしまったのか。

せめて自分を解放してから旅立ってほしいものだが。

「……はぁ」

朝からため息を吐く羽目になるとは。

この家に来た昨日は土曜日。今日は日曜日。学校はもちろん、勤め人でもサービス業でなければ休みのはず。叔父の仕事は何だろう。こうして惰眠を貪っているのなら、出勤する必要のない休日で間違いないと思うが、この人がスーツを着てサラリーマンをやっているイメージはない。職人？　作業着を着て現場に……。

「なんか違う……」

真白はかぶりを振った。その際に、御早の胸板に意図せず頬ずりしてしまう。すぐに動きを止め、無心になる。

ため息のような、空気の漏れるような音が御早の口からこぼれた。かと思えばやがて、抱きしめている力がふっと抜け、顔をのぞき込まれた。やっと目覚めたらしい。

「……真白」

「……おはようございます」

「…………うん」

御早は上体を起こし、欠伸をした。人目があるからか元からか、そっと手の甲で口を覆いながら。寝起きのくせに上品だ、と目を細めてそれを眺めた。

「よく眠れた？」

「はあ……あの、御早さん、なんでここに……？」

「真白の体温高くて、俺はよく眠れた」

「……あの？」

露骨に話を逸らされ、真白も起き上がって御早の横顔を凝視する。ぐっと顔を背け、無防備になった首筋を掻いた。仄かに赤い線が白い肌に数本でき、視線が引き寄せられる。そういう作戦でしたと言われれば、まんまと引っかかってしまいましたと降参せざるを得ない。

「……怒ってる？」

そんな弱気な声を、いきなり出す。

真白は、朝から移り変わる御早の様子についていけない。翻弄され、心の隙間や余裕がなくなっていく。

ただ疑問を口にしただけで、怒っているのかと聞く。自分の問いはそんなふうに見えるのだろうか。いや、仮に怒っていたとしても御早がそんなに腰を低くする必要などないのだ。家主は自分の家の中のどこで寝ようと誰にも咎められない。もちろん真白にだってそんな権利はないのだ。

「怒ってませんよ」

「きみ美人だから迫力あるのよ」

眼鏡を掛けながら、レンズ越しにこちらを見てやや唇を尖らせる。

「美人って……男なんですけど」

「じゃ、美形？」

「…………」

言い直されても。

言葉を失い、呆けていると、御早の視線が真白に向いて固定される。お互い寝起きで髪が跳ねている状態で見つめ合う。寝ぼけているのか、言葉を発することもなく、ただ時間が過ぎていった。

それから御早がトイレに立つまで、そのままだった。一人残された真白も立ち上がり、よく分からないながらも布団を大まかに畳む。窓を開け、空気の入れ替えをする。冷たい風が頬を撫で、畳んだ布団をもう一度広げたくなったところで御早が帰還した。

「あれっ、畳んじゃったの？」

「え、まだ寝る気だったんですか……」

戸に寄りかかりながら、ヘアゴムをくわえるとざっと髪をまとめてしまう。

冗談だったのか、眼鏡のレンズ越しの目ははっきりと開いていた。

「まあ、今日は買い物行くしね」

うん、と一つ頷き、部屋の真ん中でぽつんと突っ立っていた真白を手招く。

「あのさ、俺は朝いつも外でコーヒーなんだけど、真白も外で平気？」

「いらっしゃいませ」

静かで渋い男性の声に迎えられ、真白の身が強張る。御早は「おはよう」と気軽に挨拶をしながら、さっさと店内の奥へと行ってしまう。真白が止まっていることに気づくと、やさしい目で待っていてくれた。男性に会釈をし、御早のあとを追うと、満足そうな顔をされる。

「真白ってかわいいね」

「……はあ？」

席に着くなりそんなことを言い出す叔父に、思わず間抜けな声が出る。美人の次はかわいいときた。どういう意図かも分からないそれに、はじめこそ反応に困っていたが、まるで口説かれている感覚もふつふつと湧いてきてやはり困る。

口説く、という表現が自分から出たことにも呆れる。何とも気持ち悪い思考ではないか。

「いや、小動物みたいで」

「…………………」

ペットということか。そういう方向だった。真白は自分の考えていたことが見透かされたわけでもないのに、恥ずかしくて顔が赤くなりそうだった。実際になっていたかは鏡で確認しないことには分からないが。

「動物ってきらいなんだけどね」

あはは、と笑う。何かを好きと言うことは抵抗がない人間が多いだろうが、何かをこうもはっきりときらいと言い切る人間もいるのか。

「きらいなのに、かわいいんですか」

自分の恥を隠したいからか、真白は普段なら言わない反応を返していた。すると御早は、意外そうに目を丸くしてみせる。

「あぁ、んー。見るのは平気よ。でも触ったり、飼ったりするのは無理だね。そういうきらいだから、種類によってはかわいく見える」

「………」

へえ、とつまらない相づちを打ちそうになる。結果黙るという、もっともつまらない聞き手になってしまった。そんなことを気にしたふうもなく、御早はテーブルに広げて置いてあったメニュー表を手に取ると、こちらに差し出してきた。

「腹減った？　何食べる？」

「えっと」

「迷うようなら、たまごサンドがおすすめな」

眼鏡の縁を撫でながら言われた言葉を聞きつつ、メニューに目を落とす。

家から少し歩いて、意識していなかった空腹を感じた。写真付きではない文字だけのメニューだが、書かれているものは容易に想像でき、空腹に拍車を掛ける。言わずもがな、真白は中学生で育ち盛りだった。

そうなると目移りが激しい。自分では決めきれず、御早に言われたおすすめにした。

やってきたたまごサンドを前に手を合わせる。御早のほうもちらりと見て、いただきますと口にする。御早は頬を緩ませ、コーヒーを飲みながら頷いた。

口を開け、頬張っていると、対面席からやたらと視線を感じる。そのくせ真白が顔を上げると、コーヒーを飲むのに夢中なふりをされた。

咀嚼を終え、温かい紅茶を飲む。

「……あの、見られていると食べにくい、んですが」

用件があるわけでもないだろうし、と口の中で言えない言葉を転がす。真白とは違って御早には遠慮する必要などないのだから、言いたいことがあるならとっくに口にしているはずだ。

「あ、ごめん」

「いや……」

そんな素直に謝られても。どうしていいか分からなくなる。

「美味しそうに食べてるから、つい」

「…………」

頬を膨らませる小動物だと言いたいのだろうか。それなら確かに、言葉を乱発しにくいかもしれない。仕方ない、と諦めて食事を再開させた。

　御早は、コーヒーカップを置くと、真白を気遣ってか視線を窓の外に移した。頬杖をつき、その横顔は何だか物憂げだ。真白もつられるように外を見る。日曜日の穏やかな日の下で、登校や出勤ではない用事で歩く人は歩調が緩く、散歩中らしき人たちを眺める。

　紅茶を飲み、御早をちらりと窺った。ただぼんやりしているように見えるし、話しかけても大丈夫だろうか。

「……あの、なんでぼくの布団にいたんですか」

「んあ」

　現実に引き戻されたといった感じに、間の抜けた声を上げる。頬杖を解除し、真白をまじまじと見つめた。

「人肌が……恋しくて？」

「えぇっと」

　まさかそういう回答がくるとは。だが何故、疑問形。

「……ぼく、男ですけど、その」

　人肌、という言葉を変な意味で捉え、真白が少し頬を赤らめながら言う。でもすぐに、ペット的な感覚か、と思い直した。だとすれば、今の発言は恥ずかしい。御早の前で、失言ばかりする自分に戸惑う。

「えっと……真白はませてるね」

「は、いや、あの」

恥ずかしい。そんなしみじみ言うことだろうか。こちとら中学生だぞ、と変な反発心が生まれる。カップを手に取り、仰ぐと、中身はすでに空っぽであった。

「すみません、紅茶おかわりください」

真白の様子に気づいて、御早が先回りして店員に呼びかける。また、と思った。そういうスマートさが、真白にとって戸惑いになる。なんだか、すごく大事にされている感覚。

くすぐったさに身を捻じりたくなる。実際、バレない程度に上体を少し捻った。むず痒さは消えないまま、御早のほうは何事かを思案するような顔をしていた。

「俺はさ」

まだ一杯目のコーヒーを飲みながら、ふとつぶやくように空気を震わせた。

「きみの叔父だから、できる限り守りたいと思ってるよ」

「………」

急速に熱が引いていく気がした。

何かを勘違いしている、と突きつけられたような。

どうしてだろう。目の前のこの人は、自分を思ってくれているのに。十分過ぎるほど、良くしてくれているのに。

「姉さんの、忘れ形見」

御早は、真白を見ていない。

真白を大事にするのは、真白自身を思ってではない。

もっと別の理由、真白の母親が大事だから。その忘れ形見を大事にしたいと思うのは、当然だろうから。

そんなこと、忘れていたのだろうか？

御早は真白の叔父で、真白は御早の甥なのだ。そんな当たり前の事実を、どうして意識の外に追いやられていたんだろう。

何を、思い違いをしていたんだろう。

「ぼく、忘れ形見なんですね。おかあさんの」

「…………」

「御早さんにとって」

「え？」

ぐっと唇を噛んだ。たまごと小麦の味が、まだ口の中に残っていて。言われたままおすすめを食べたことを、何だか後悔する。

目の前の叔父に侵食されていく感覚が広がっていくから。

「え、待て。急にどうした」

「どうもしません。御早さんには感謝しています。他に身寄りがないこんなぼくを引き取ってくれて」

こんなときだけ、すらすらと言葉が出てくるのは何故だろう。恨めしい。御早がではなく、そんな自分が。喋っている間も、浅く呼吸をするときも、首筋が粟立つのが気持ち悪い。

かっと熱が身体の上に向かって駆け巡っていく感じが、まるで風邪を引いたみたいで、自分でまったくコントロールできなくて、嫌になる。

御早が苦そうに唇を歪めた。

「感謝してる顔じゃないぞ……」

「すみませんねっ！　残ったのがぼくで」

意に反して大きな声が出た。もはや低く流れている店内のジャズは二人の耳には届いていない。数人の客がこちらを疑わしげに窺ってくる。

「真白……家で話そうか」

「いいです、ぼく、もう戻りません」

何を意地になっているんだ、と真白の冷静な部分が言う。それもうるさい、と一蹴して、真白は大げさな音を立てて席を立った。

「真白!」

一直線に出口へ向かい、呼ぶ声も無視する。なんて身勝手で、不義理で、どうしようもない自分。御早がすぐに追いかけてきそうで、店を出ると走り出した。

もういい。もう、いい。死んだっていい。

頭の中を、御早の姿や微笑みが駆けた。そのぬくもりさえも思い出し、なんでだか分からないまま涙が浮かんできた。目の前がぼやけて、慌てて袖口で拭う。

どこへ向かっているのだろう。分からない。どうでもいい。

車のクラクション。

力強く引っ張られる腕。

抱えられた身体が、鈍い衝撃を受ける。

「馬鹿!」

そして怒声。

振り返ると、必死な顔をした御早がいた。両肩を掴まれ、顔を覗き込まれる。強い光を帯びた瞳が、真白を射抜く。

「死んだらどうすんだ！」

「御早さん……」

その迫力に圧倒されながらも、ネジが止まった人形のように停止している真白はぼんやりと考える。

死んだら？

死んだら、おかあさんとまた会えるんだろうか。

何がこんなに悲しくて悔しくて、飛び出してきたんだっけ。

自分は、情が深くない。薄情だから、両親がいなくなっても泣き喚きもしない。ただ淡々と事実を受け入れ、後追いするつもりもなかった。一人で生きていくのは怖い。怖いけど、でも生きていかなくちゃ。そうじゃないと、もういないおかあさんもおとうさんも、なんて思うか分からない。きっと、悲しむんじゃないか。後追いして欲しいとは、思っていないんじゃないか。だから、真白は生きていこうと決めた。

葬儀に来ていたらしい、母親の弟。

幼い頃に会ったらしい、叔父。

今の真白には他人に近い存在。

そんな御早に、頼ってでも生きていこうって。

そうじゃないと、あのやさしさが、愛が、ぬくもりが嘘になってしまう。なくなってしまうんだ。真白がいなくなったら、証明するものが何もなくなってしまう。

確かに感じたそれらを、なかったものにすることなんてできない。

でも、御早が自分の存在を見ていないから。

何だか無性に、それが寂しい。

「死のうとするなよ……」

はっとする。御早の声は、か細いながらもしっかりと真白の耳に届いた。

「きみまでいなくならないでくれ」

「……………ぼくは、」

抱きしめられた。強い力で、真白がどこかへ行ってしまわないように、引き止めるように。

朝と同じように、胸板に頬が押しつけられる。あのときの穏やかな心音ではない、激しく脈打っている音が聞こえた。

「……死のうと、したわけじゃ……」

「無事で良かった」

頭の上で、御早が心底安心したように長い息を吐く。どくん、どくんと音を立てているのは、御早だけじゃない。真白の心臓も、動いている。

生きている。

御早も、真白も。

腕を背中に回して、自分はここにいる、と伝える。いなくならないのだと。


家に着くと、御早は真白の部屋でもう一度布団を敷いた。その様子を黙って見ていたが、やがて声を掛ける。

「あの……」

「疲れただろう。少し休んだほうがいい」

あのあと真白は御早に抱きつき、嗚咽し、涙をこぼした。泣いたことによる頭痛も起きていて、確かに疲弊していた。

部屋着に着替え、ゆっくりとした動作で横になると御早が埃を立てぬよう布団を上に掛けてくれる。甘やかされている、と感じながらも、それが心地よくて嬉しい。

「よっと」

御早もとなりにごろりと寝転がってきて、ぎょっとする。そんな真白に気づき、視線でだめ？　と問いかけてきた。だめではない、と口で言うのは恥ずかしく、唇を引き結び、ふいと目を逸らすことで承諾とする。

「……寒いでしょう」

「あ、入れてくれる？」

真白の言葉を都合の良いほうに解釈し、何かを言う前に布団に潜り込んでくる。シングルサイズなのに、男二人は狭すぎる。でも文句を言うことなく、渋々といった体で受け入れる。

「……なんで入ってくるんですか」

「真白あったかいから」

「狭いでしょう」

「ベッドはダブルを買おうか」

そういえば、今日は買い物に行くんだったなぁと伸びやかな口調で御早が言う。

「……いいですよ、ベッドじゃなくても。ていうかダブルって何ですか」

「ねえ、一緒に寝ようよ」

「……御早さん、いくつですか？」

「ないしょー」

内緒の意味が分からない。気まぐれだろうか。それとも御早も、眠くて半分夢の世界に行っているのか。間延びした声がそれを証明している気がした。よくよく見つめてみると、レンズ越しの瞳もとろんとしている。重い瞼を必死に持ち上げているような。

走らせて、疲れさせてしまったのだ。積極的に活動するようにはあまり見えないし、きっと家で過ごすことも多いのかもしれない。

「ぼくより、疲れてるくせに……」

帰り道によたよたと歩いていたのを思い出し、つぶやく。それももう聞こえていない。御早は限界を迎えたのだろう、瞼は完全に閉ざされ、薄く開いた唇から規則正しい寝息が漏れている。

「……すみませんでした。迷惑かけて。でも、あなたはぼくに死んでほしくないと、無事で良かったと言ってくれるんですね」

言葉は、きっと届いていない。でも、それでもいいから真白は声を押し出した。

「一緒に寝ようなんて、甘えん坊なんですか。大人なのに、いいんですか、そんなこと言って」

別にだめなわけではない。だめだと決まっていない。でも大人にはプライドがあるだろうから、甘えた声を出すのは不思議だった。それも、こんな子供に向けて。

「眼鏡、外さないんですか。危ないですよ」

何とか腕を動かし、長い睫毛を眺めながら眼鏡を外して、潰してしまわないように布団の外に置いた。

自分にだけ？　それとも誰にでもそうなのか。

「…………」

真白も目を閉じた。少し、眠くなってきた。

外がまだ明るい室内に、ぽかぽかと日が差し込んでくる。そよぐ風に揺れる木の葉の音が心地よい。自分以外の体温が、布団を温めてくれるのが懐かしい。薄れていた記憶が、蘇ってくる。おかあさんがそばにいるみたいで、安心する。

そして、深い眠りに落ちていった。


意識が浮上してから、ぼんやりと目を開けたり閉じたりする。そこまで長い時間、寝ていなかったと思う。深くて、夢も見ず、すぐに目が覚めたようだ。

御早は、また真白に抱きついたまま、まだ眠っていた。よく寝る人だなぁという印象を拭えない。初対面の日に、真白もうたた寝をして同じことを御早に言われたが、寝ているときはお互い分からないものだ。

しばらくぼうっとしていると、御早が身じろいだ。ちらり、と様子を窺うと微細に睫毛が震え、やがて瞼が持ち上がる。

「……朝か？」

「まだ午前中だと思いますけど、朝というより昼かと」

「んあぁぁ」

真白を解放すると、寝過ぎたことを悔いるように全身を伸ばした。

「つまりあれか、二度寝しちゃったのか」

それはそうだろうが、必要な確認だろうかと、気まぐれな発言をする御早をぼんやりと眺める。寝起きの御早も、微睡んでいる御早も、見ていて心が穏やかになる。一分間が六十秒という概念が覆されるような、その一秒一秒がゆっくりと流れていく感覚は温かいひだまりを可視化させる。

いつまでも微睡んでいたくなる。

「寝てたの俺だけ？」

「いえ、ぼくも少し寝ました」

「休めた？」

「はい」

「そう、なら良かった」

御早は布団を半端に身体に掛けたまま、大の字になって動かない。こういう時間を、楽しんでいるように見えた。すぐに起きて活動するのではなく、その場に留まるような。居心地のよい場所から離れたがらない子供といってもいいかもしれない。

本能に従順なのだ。

「んぅ、天気良くて気持ちいなぁ」

ごろごろと転がっている。掛け布団を巻き込んで動くから、真白に掛かっている布がなくなって全身があらわになってしまう。

「御早さん、そばに眼鏡置いたから踏んじゃいますよ」

「ええ？」

ぱき、と不穏な音がしたのはそのときだった。

ごろごろしていた御早が停止し、背中に手を入れると案の定、潰された眼鏡が現れた。

「うわぁ」

感情のない声を漏らす御早とは対照的に、真白はさっと血の気が引く思いがした。

「す、す、すみません。ぼくがちゃんと上に置いとかなかったから……」

「ああ、平気だよ、こんなの」

「でも」

眼鏡って高いんじゃ、と徐々に焦ってくる。

かざしてから眼鏡を掛けてみると、やはり歪んでいるようだった。完全に壊れたわけではなさそうだが、がたがたとしている眼鏡なんて見にくいだろう。

「べ、弁償……」

「わあ！　なんできみが泣くんだ！」

「泣いてませんけど、でも」

「明らかに俺が悪いだろ、きみは泣くな」

ぽい、と眼鏡を放り、今にも涙が伝いそうな頬をぐにぐにする。マッサージのような動きをする手は滑らかで、あたたかくて、別の意味で涙がこみ上げてきそうになった。

「自分でも何回も壊したことあるから、大丈夫だ。弁償なんてしなくていい。分かった？」

「……はい」

自分が幼い頃に戻ってしまったかのような錯覚を覚えながら頷けば、裸眼の御早は目を細めて安心したようだった。

「まあ、直しに行かねばならんけど」

頭を掻きながら、かつての相棒を手に取って眺める。

「真白、明日から学校だよな？」

「え、はい」

「なら今日のほうがいいか……。買い物、行けそうか？」

「い、行けます。もちろんです」

勢い込んで言えば、くしゃりと髪を混ぜられる。それがとてもくすぐったくて、抵抗もできない。家主に反抗するつもりもないが、そんな建前も吹っ飛んでしまう。

外に出ると、日が高く昇っていて、朝よりもあたたかい。たまに吹く風が、少しの暑さを中和してくれているようだ。さっきのカフェへとは違う道を歩き、駅に向かっていく。真白と御早は特に会話もなく、黙々と進んでいった。でもそれは嫌な無言ではなくて、二人の間に漂う空気が自然であるからだった。何かあればお互い声を出すし、一言二言交わす。でも必要以上のそれはなかった。

気恥ずかしいけれど、心地よい。出会って間もない二人は、叔父と甥ではあるが、それ以前に馬が合うようだった。

面倒そうだと思っていたことがあるなんて、忘れそうになる。

「御早さんの眼鏡はどうするんですか」

いくつかの店に足を運び、生活必需品を揃えても、御早は眼鏡店に向かう様子がなくて聞いてみる。荷物を持ってから聞くのも遅かったかもしれないが、御早のあとを一生懸命ついて行っていた真白は今更気づいてしまったのだ。

「眼鏡は明日行くから平気」

「……そうですか」

眼鏡を必要としない真白には、あるときの便利さも、ないときの不便さも分からない。早く直したほうがいいのではと思いながらも、本人が明日でいいと言うのなら無理に今行こうとは言えない。真白は軽い荷物だが、御早はけっこうな大荷物になってしまっている。それも言えない一因だ。

「疲れたか？　大丈夫？」

「大丈夫です。荷物持ってもらっちゃって、すみません」

「ふふ」

何故笑うのか。

何だか楽しそうにしている御早に、首を傾げる。

「なあ、真白の好きな食べ物って何？」

「え……米？」

「はは、日本人だもんな」

「御早さんは？」

「お見合いかこれ？」

「だ、だって御早さんから聞いたんじゃないですか」

「色気のない見合いだなぁ」

「……お見合いって色気あるんですか？」

「さあなぁ」

無言かと思えば、何かの話題をきっかけに話が弾むこともある。不思議だった。友人といるときの息が詰まる感じがなかったから。そりゃあ、御早は叔父で、友人と違うのは当たり前だろうけど。

「夕飯のリクエスト聞いたつもりだったんだけどなぁ」

「そ、そうだったんですか」

「米はもちろん出すけど、おかずは何がいいのか」

「え、な、何でも……」

言ってから、何でもいいは困らせてしまうか、と焦った。何とか捻り出そうと唸っていると、御早は急かすこともなく待っていてくれる。二人でゆっくりと歩きながら、日が暮れていく様子を視界に入れながら。

やがて答えを導き出したように顔を上げ、それを告げると御早は想像以上に美味しいものを作ってくれた。


翌日の月曜日。転校先の学校にはじめて登校する日。

もはやお約束なのか、夜に寝るときはいない御早は、朝起きると真白を抱き枕にして寝ていた。決まって先に目覚めるのは真白で、御早の寝顔を見ることで朝だなぁと感じるようになっていた。

初日に一人で寝るほうを選択したはずだが、御早はそれを忘れているのか無視しているのか。自分はそこまで湯たんぽ効果が高いんだろうか、と自分で考えても分からないことをぼんやり思う。

アラームは掛けていなかったが、真白が目覚めてぼーっとしているうちに、御早も静かに目を覚ます。真白の目覚めの気配が御早にとっての目覚ましになっているのかもしれない。でも休日は放っておけばいつまでも寝ていそうな気もする。

敏感なんだか鈍感なんだか。

「真白っていつも朝早いね」

「あの、御早さんって寒いんですか。いつもぼくの布団にいますけど」

「うん、寒い。そして真白はあったかい」

「湯たんぽですか」

やっぱり。

「湯たんぽよりも重宝してるよ」

「…………」

「あれ、嫌？」

湯たんぽと人は比べるものなんだろうか。嫌とかいう以前に。

ご飯を盛った茶碗を持ち、箸を動かす。新調してもらった箸は、色や模様はシンプルなのに、煌びやかに見えて動かす度にうっとりしてしまう。昔よりも長さがあって、まだ持て余すが、いずれ慣れるだろう。

今日のおかずは焼き魚。骨が少なくて食べやすい。味が濃いめで、ご飯が進んだ。

「魚平気だった？」

「はい。美味しいです」

「俺子供のとき食えなかったからさ。真白は偉いな」

「っ」

勢いつけて飲み込み、ごくん！　と音がするようだった。こうして真正面から褒められるのは久しぶりで、かなり戸惑う。嬉しいくせにその気持ちを上手く表現できず、かといって喜んでいると悟られるのも恥ずかしかった。胸がいっぱいになり、口にしていないはずの骨が喉につっかえる気さえしてくる。

「……やめてください、食欲なくなるんで」

「なんで」

ぽかんとする御早から視線を逸らし、食事に戻る。

自分の感情のコントロールもできなければ、その理由も分からず生意気なことを言ってしまう。

「ごちそうさまでした」

「おそまつさん」

食器を下げ、蛇口を捻ろうとすると、御早がそれを止めた。

「いいよ、そのままで。あとで一緒にやっとくから」

「いや、でも。時間あるので平気ですよ」

「真面目だなぁ」

そう言いながらも、笑いを噛み殺しているような気配を背中に感じた。

御早は、きっと真面目な子供のほうが好きだろう、と思う。本来の真白は、出てくる食事に手を付け、食べ終わってそのまま放置は当たり前。しかしそれは実家での話で、今はそうもいかない。そうやって自分を戒めているのに、御早に甘やかされ続け、慣れてしまえばまたそんな不真面目な自分に戻るのは火を見るより明らかだった。

甘やかされたいくせに、そんなものは必要ないと突っぱねるふりをする。生意気で、きっとかわいくはない。

「いや、かわいくなくていいんだ」

独り言は、蛇口から流れる水でかき消えた。

どうにも矛盾ばかりだった。気持ちの悪い感覚。自分が自分ではないみたいな。

いっそのこと心と身体が引き剥がされてしまえばどうだろう、と思った。

そうすれば、御早にそっぽ向かなくていい。

撫でてくれる手を振り払わなくていい。

すべてが裏腹で、本心は認めたくないことばかり考えている。

洗剤の泡が流れていく。自分の分だけなので、片づけはすぐに終わり、濡れた手をタオルで拭いた。昨夜のうちに支度が済んでいた鞄を持つと、遅れて食事を終えた御早が戸に寄りかかりながら声を掛けてくる。

「真白、学校まで送ろうか？　歩きでだけど」

車持ってないの、とおどけるが、車の有無なんて真白にとってはどうでもいいことだった。

「い、いいですよ、一人で大丈夫です」

「道分かる？」

「分かります」

「人に酔わない？」

「酔……いません」

「間」

「とにかく大丈夫です。そろそろ行ってきます」

「……何かあったらすぐ連絡するんだぞ」

何故かつまらなさそうにしながら、スマートフォンを手渡される。

「な、なんですかこれ」

「真白のスマホ」

「え、ぼくまだ中学生ですけど」

「いまどき小学生だって持ってるだろ」

「そうなんですか……？」

訝しむ真白に、念を入れる。

「俺の連絡先入れといたから。絶対だぞ」

「……ありがとう、ございます」

深い青色のスマホを、ぎゅっと握る。

「どこにしまったらいいですかね。鞄？　ポケット？」

「ん？　落とさないとこ……そうだなぁ」

ぐい、と腕を引かれる。真白の手からスマホを取り、ブレザーのポケットにすとんと入れた。

「で、蓋して……。ん、これで大丈夫だろ」

「…………っ」

ぽん、とポケットを叩く。まるでまじないでもかけるように。それが何とも心強さを感じてしまった。本当は、これから戦地にでも赴く気分であった真白は、少しだけ力をもらった気がする。いわばゲームでいうアイテムだ。この小さな機械の塊が、御早の手によってポケットに収められ、何かあれば叔父を召喚できる……。召喚される御早を想像して、何だかおかしくなった。寝ているときだったら、少し不機嫌かもしれない。

でも、飛んできてはくれるのだろう、きっと。

もちろんそんな迷惑はかけるつもりはない。極力何も起こらないことを祈りつつ、これはお守りとして受け取った。

「では、行ってきます」

「気をつけてな」

過保護だなぁ。

よく知らない道を進み、昨日御早と歩いた駅までの道のりを辿る。新天地とはどうしてこんなにも恐ろしいものなのか。だが、世界は広く、まだほとんどが新天地なのだから、気が遠くなる。見知ったものなんて、ほんの一部に過ぎない。

緊張を自覚せざるを得ないまま、駅のホームまで来て、電子掲示板の時刻を見上げる。隣接している時計と見合わせて、あと二分ほどで電車が到着することを確認した。ここまでは順調だ、とまだ半分も達成していないのに少しだけ肩の力を抜く。

ただ、人は多い。ざわめきが耳を刺すようだ。人波を避け、ぶつからないように気をつける。こんなにも人はあふれているのに、誰も自分を知らない。真白が一人なのは変わらないのに、目に見える人々の姿は煩わしかった。事実と視覚が一致していない。

やってきた電車に乗り込むと、人と肩がぶつかってしまうのは避けられなかった。みんな遠慮がない。自分の居場所を確保するために平気で人を押しのける。座っていた人が退くと、我先にと椅子取りゲームだ。きっと楽しくはないだろう。それでも安寧のため、勝ちを狙いに行くのだろう。

そんな様子を横目で見ながら、出入り口付近で鞄を抱きしめ、したくもないおしくらまんじゅうに身を置くことになる。強制参加はつらい。早く解放されたい。外の空気が吸いたい。車内はなんて、空気が淀んでいるのだろう。つらい状況を、御早を思い浮かべてやり過ごす。

幸い、三駅目が目的地なので、目をつぶってエア御早に褒められるイメージ映像を脳内で流していればすぐに着いた。

実物を召喚しなくても、何とかなるものだ。

学校までの道も、複雑なものではなく、迷うことなく到着する。本番はここからだとでも言いたげな校舎が真白の眼前に聳え立った。

「はあ……」

気が重い。電車でかなりの力を奪われ、家を出る時点でチャージされたものでは、この先心許ない。ポケットに手を当てる。確かにそこに存在しているスマホを確かめて、決して軽くない足取りで進み始めた。

「今日からみんなのお友達になる、倉津くんでぇす」

のほほんとした女性教師に紹介され、ぺこりと頭を下げる。これからクラスメイトになる人物たちをあまり見ないように。あまり見られないように。後者は無理か。前に立っているんだし。

「倉津真白です。よろしくお願いします」

なんと心のこもっていない挨拶だろう、と思いながらも、何の感情も抱いていない複数人を相手にどう感情を表せというのか。

早く御早に会いたかった。

こんな、どうでも良さそうな視線しか向けて来ない相手よりも。

真白も、どうでもいい顔をしているのだろう。だから、鏡に映っているクラスメイトたちも同じ顔をしているだけのことだった。お互い興味がないのだ。それなのに、同じ教室に押し込められて、意味があるんだろうか。あったとしても、気は進まないが。

授業中は仕方なく教室に収まり、チャイムが鳴ると顔を伏せたまま出口を目指す。何人かがちらりと向けてくる視線を華麗なまでに無視して、土地勘のない建物の中を歩く。廊下に出れば、他のクラスの人間に混じって、自分は奇異ではなくなる。あの教室限定で、真白はきっと宇宙人なのだ。

「………不良になりたい」

換気のために開けられた窓から、風が吹いて髪を揺らした。願望というには現実味のないつぶやきも、風に流れてどこかへ行ってしまいそうだ。

いっそなれたら、もうあの教室に行かなくて済む。初日からやさぐれたものである。

実際になる勇気もないくせに、うだうだする。教室の前を行ったり来たりして、次の授業が始まろうとすればさりげなく戻った。

御早が悲しむであろう不良になんて、なれるはずない。逆に、好きにしたらいいと、その奔放さで言うんだろうか。でもそれは、見限るということなんじゃないか。

「………どのみちだめか」

真剣に何を馬鹿なことを考えているのか。席に着き、ノートを広げて、渋々といった様子で教科書を半分見せてくれるとなりの席のクラスメイト。名前は聞いていないから知らない。名乗られなかったし、聞いても嫌そうな顔をされるかもしれなかったから。真白も、知りたいと思わない。みんな、ただ人の形をしたものにしか見えないし、区別もできない。

人の教科書を熱心に見るほど勉強家ではない。ペンを握り、黒板に書かれたことを暇つぶしのように書き写していくだけ。意識をほんの少し自由に放すだけで、休日のことを思い出す。そして早く、学校に来なければいけない平日なんか終わってしまえと思う。放課後までの辛抱だと思うよりももっと先の、金曜日の放課後を待ち望む。

「おかえり」

「………」

玄関の戸を開けると、すぐそこでテーブルを出して用紙を広げ、ペンを転がしていた御早が出迎えた。こんな瞬間的に御早の顔が見られると思っていなくて、しばし止まってしまう。

「……御早さん」

「ど、どうした。疲れたか」

「はあ、まあ……」

取り繕うことも忘れる。どっと力が抜けて、身体が軽くなる。御早は立ち上がり、慌て
玄関で棒立ちになったままの真白の手を引いた。靴を脱がせてくれようとして、慌て
て止める。

「ちょ、何してるんですか」

「いや、靴脱がないと家に入れないだろ」

大真面目な顔をして言うが、そういうことではない。

「自分で脱ぎます」

当たり前のことを言ってしただけなのに、御早は残念そうにする。世話を焼くのが好きなのか、この人。変わっているなぁとぼんやりしつつもおかしくなった。

「ふつう、自分でしますよね」

「んー、まあね」

と言いつつ唇を尖らせる。

「えっと、ただいま帰りました」

靴を揃えて御早に向き合うと、がばっと抱きしめられた。毎朝抱き枕にされているから、もはや慣れてしまったぬくもりに驚かない。冷静に問いかけることができる。

「……おかえりのハグですか？」

「だって、心配してたんだよ。分かるだろ」

「だからって……」

大げさでは、と思っても、本当はこうしてくれることが嬉しい。ほっとする。朝の微睡みみたいで。夕方なのに、さわやかな気持ちになる。

「御早さん、過保護ですよね」

「ふつうだろ」

何でもないふうに言う御早の肩越しに、廊下に置かれているテーブルを見る。

「ここでお仕事してたんですか」

「うん」

「寒いでしょう？　なんで中でやらないんですか」

いまだ真白を抱きしめたまま、顎をつむじにぐりぐり当てられる。縮む。成長期なのに。

「真白から連絡来なかった。珍しく携帯を肌身離さず持っていたのに」

「はあ」

「まあ、無事ならいいんだけど。おやつを……」

あ、と何かに気づいてぎくりとする御早に、疑問符を浮かべる。

「しまった。もう夕飯の時間か」

御早の腹の虫が鳴き出す。

「もしかしてお昼食べてないんですか?」

「食べるつもりだった」

「ああ、はい」

つまり抜いたのだ。それならさぞかし減っているだろう。昼食をとった真白でさえも、もう小腹がすいているのに。ちなみに昼休憩には弁当を持って教室から逃走し、空き教室を見つけて一人で食べた。御早が作ってくれたお弁当を。あれがあって、午後が乗り切れたといっても過言ではないだろう。

真白は解放されると、テーブルの片づけを始めた御早の背中を見つめた。動いている。

エア御早も動いていたけど、実物の動きには敵わない。やはり本物に限る。

「…………………」

じんわり、帰ってきたんだと実感した。学校は、あんなに人がいてもつまらないのに、御早は一人さえいてくれれば、こんなにも心が満たされる感じがするのか。同じ血が流れているから、共鳴するのだろうか、なんて真白なりに分析してみるが、実際のところは分からないし、どうだっていいことだ。

うず、とする。

作業中のその背中に、何故か抱きつきたい衝動が生まれる。でも、さすがにそれは。もう十四歳なんだし、子供ではないのだから。いや、厳密には子供だが、そうではなく。

御早から抱きついて来るのを拒む理由はない。嫌悪感みたいなものがあれば真白だって拒むけれど、そういったものは今のところ感じていない。

でも自分からだと、また違ってくる。すごく甘えているみたいではないか。

そんなことをする真白を、さすがの御早もどう思うだろう。喜ばれるかもしれないが、一方で、困惑されたら。ちょっとでも困ったふうにされたら、真白はその行動を死ぬほど後悔するに違いない。

「真白？」

そうこうしているうちに、御早はテーブルや何やらを片付け終わっていた。こちらを向いて、静かに葛藤していた真白を不思議そうに見ている。

「す、すみません、ぼーっとしちゃって」

「少し休むか？　布団敷いてくるか」

「いえ、大丈夫です」

「……そう？」

「え、あ、はい」

部屋に戻って、制服を脱ぐ。まだ新しい学校のは届いておらず、前に在籍していた学校の制服だった。けれど、色がそんなに変わりなく、ずっとこれで通用するのでは、なんて思ってしまう。これがまったくかけ離れた色や形だったら、廊下に出ても宇宙人だったかもしれない。まったく異なる制服を身にまとっていることは、まるで首から『私は宇宙人です』というプラカードを下げて歩いているようなものだろう。

でも似ているから、何とか溶け込めた。

ふう、と息を吐く。

確かに、少し横になりたかった。けれど、御早が言うように布団を敷くなんてわざわざしなくても、と頭と瞼を重く感じながら思う。何もしていないのに、と。それなのに疲れたなんて、何様だろう。御早のほうが、仕事も家事もやってくれているのに。

何を言っても、疲れたのには変わらないけれど。学校に向かうときも、学校にいるときも、ずっと気が張っていた。安穏なんて一瞬もない。安穏を求めること自体、正しくないのかもしれないが、それでも真白の身体と精神は疲弊していると訴えていた。はじめての場所、はじめての人、身体がバリアを作るのにだって労力を費やしているのに。

自分が、弱い。

電池が切れてしまったように、部屋の床に寝転がった。何かを思う間もなく、意識が途絶えた。

また毛布が掛けられていた。御早がやってくれた、と思うと、強張っていた頬も緩む。目をつぶったままでも、浮上した意識で感じ取れるものがある。部屋には誰もいないけど、御早がきっと来てくれて、真白の身体が冷えてしまわないようにと毛布を、労いが込められた手で触れたこと、それが残っている気配で感じる。

ふと顔を上げた先に、壁掛け時計があった。今朝まではなかった。真白が学校にいる間に、御早が設置してくれたのだろう。

あの人って、さりげなく自分を喜ばすの好きだよなぁと思う。時計が特別に嬉しい、というよりも、真白がこの家にいないときにも、自分のことを考えてくれているということだから。

「……五時半」

さっそく時刻を確認する。まだ目新しいそれは、いずれ日常になって溶け込んでくのだろう。これからも、真白は自身がこの家にいるイメージができるということで、それは何ともむず痒い感覚を生んだ。

「あったかい……」

毛布を抱きしめる。ただの毛布のはずなのに、御早の思いやりやさしさが詰まっているから、そう感じる。

「学校どうだった？」

夕飯の席で、御早が漬け物をぽりぽりしながら聞いてくる。学校に行っただけで、何も成し得ていない真白は報告すべきことが特になかった。いや、強いて言えばあらゆるものから逃げていたことか。

「……ふつう、です」

「まあ、初日だもんな。楽しいも何もないか」

「……………楽しくはないですよ」

つい、口からぽろっと出てしまう。が、気づいたときに口を塞いでも、言葉は戻ってきてくれない。しまった、と思っていると、御早は静かに目を伏せた。

「あ、ちが、違います。今のは……」

「心配かけたくないとかで、本音を隠すのはやめろ」

びくり、と肩が跳ねた。怒ったのだろうか。怒らせて、しまった。

「怯えなくていい。言いたいことは隠すな」

「……でも」

心配や迷惑をかける自分は嫌だ。相手が御早なら、なおさらそう思ってしまう。御早にとっては、扱いやすくて、一緒にいてもいいと思ってもらえるようになりたい。面倒だとか、そんなの絶対に思われたくない。

本音を誤魔化すのは、嘘をつくことだ。嘘をつかれて、喜ぶ人間はいない。だとしたら、真白の嘘が下手なのだ。真実を話していると見せかけられない、真白の失態。

「……ごめんなさい」

「誤魔化そうとか思ってないだろうな？」

「えっ」

早々に見透かされている。目が泳ぎ、視界に居間の風景と御早の姿が行ったり来たりする。隠し通したい、と思えば思うほど、おろおろしてしまう自分が消えてくれない。それどころか真白を押しやり、顔を出してぼくは嘘つきだと喚き始めそうだ。きっと御早にはそう見えているに違いない。

嫌だ。

「やだ」

もう、どうしていいか分からない。

「無茶言わないで……」

「真白」

「嫌われたくないんですよ、あなたに。だから、ぼくの悪いところなんて見られたくない」

それなのに、本音を隠すななんて。そんな、無茶を言う。全部さらけ出せば、嫌われておしまいなのに。

情けない。本当に、情けない。こんな弱くて情けない自分、御早はきっと面倒がる。

郵便はがき

料金受取人払郵便

新宿局承認

3970

差出有効期間
2022年7月
31日まで
(切手不要)

160-8791

141

東京都新宿区新宿1－10－1

(株)文芸社

愛読者カード係 行

お名前《ふりがな》		明治 大正 昭和 平成 年生 歳
ご住所《ふりがな》	□□□-□□□□	性別 男・女
お電話番号	(書籍ご注文の際に必要です)	ご職業
E-mail		

ご購読雑誌(複数可)	ご購読新聞 新聞

最近読んでおもしろかった本や今後、とりあげてほしいテーマをお教えください。

ご自分の研究成果や経験、お考え等を出版してみたいというお気持ちはありますか。

ある　ない　内容・テーマ(　　　)

現在完成した作品をお持ちですか。

ある　ない　ジャンル・原稿量(　　　)

書　名				
お買上 書　店	都道 府県	市区 郡	書店名	書店
			ご購入日	年　月　日

本書をどこでお知りになりましたか?

1.書店店頭　2.知人にすすめられて　3.インターネット(サイト名　　)

4.DMハガキ　5.広告、記事を見て(新聞、雑誌名　　)

上の質問に関連して、ご購入の決め手となったのは?

1.タイトル　2.著者　3.内容　4.カバーデザイン　5.帯

その他ご自由にお書きください。

(　　)

本書についてのご意見、ご感想をお聞かせください。

①内容について

②カバー、タイトル、帯について

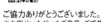

「……泣くな」

「見ないでください……」

「無茶なんて言わねぇよ。真白の嫌がることするわけないだろ」

まばたきをしきりに繰り返し、あふれる滴を押しとどめようとする。泳ぐ元気がなくなった目は固定され、困り切っている様子の御早を映した。目から洪水が起きそうで、止めるのがどんどん難しくなってくる。

終わりだろうか。

これで、ここでの生活は終わりだろうか。

まだ覚悟が、四分の二しか固まっていない。まだ、言わないで。引導を渡さないで。

目を閉じると、縁に溜まっていた滴がいく筋も流れていく。

また、ひとりになる。

「まぁしろ」

気づくと、対面に座っていたはずの御早が、すぐとなりにいた。穏やかな声ととももに、俯いている顔を覗き込んでくる。涙で濡れて見える御早が、やはり困ったように頭を掻いた。

「泣かないでください」

何故か敬語でお願いされる。それだけ参っている、という意思表示なのだろうか。少しでも御早の頼みを聞き入れたくて、洟をすする。袖口で涙を拭おうとして、ハンカチを差し出された。

「きみってさぁ」

「……」

最終宣告が来る。

「……いや、まあいいんだけど」

「は？」

伏せがちの目を思い切り開いて、御早を見る。

「なんで言わないんですか」

涙声のくせに、強めの語気になる。

きっぱりと言われても傷つくくせに、言いよどまれても苛ついてしまう。そんな真白の目の中の炎を見て、やや圧倒されたように身を引くと、観念したように口を開いた。

きみってさぁ、の続き。

「俺のこと好きみたいだな」

「……は？」

何を、いきなり。

そんな分かり切ったことを。かといってすぐ首肯するには羞恥が勝つ。

「まるで俺に恋してるみたいだ」

「……恋？」

思っていたものと方向性が少し違って、眉を寄せた。それは、自分たちの関係でいうには、あまりにも明後日な方向ではないか。

「な、何、を」

そのくせ直球に指摘され、ぶわっと体温が上がった。熱くなる顔は、肯定のように捉えられるのだろうか。か、か、と熱を帯びた頬は、伝った涙を乾かしていく。

「いや、まあいいんだけど」

発言を悔いるように首筋を指先で掻いた。

「悪い、食事中だけど、一服」

さっと立ち上がると、御早は居間を出て行く。食卓と取り残された真白は、その間にも言われたことを余計に咀嚼してしまう。

「恋？」

誰が、誰に。

もちろん自分が、御早に。

「いや、いやいや」

即座に首を振る。

どうしてそうなる。御早にはそう見えたのか？

……見えてしまった？

ふと、気持ちを掬い上げられた。水中に、深く潜ったそれを、御早はポイも使わずに、指先でそっと触れてきた。丸裸のそれは、御早への想いそのものだった。

「いや、でも恋、って……突拍子過ぎる」

しんとした居間に、独り言が溶け込む。ちらりと食卓に目をやり、味噌汁を手に取った。真白が泣いている間に、すっかり冷めてしまった味噌汁を口に含む。

美味しい。

冷めたからって、不味いわけじゃない。薄い味噌の味付けが舌の上を滑り、上顎と擦り付ける。

『やっぱり味噌汁も作れば良かった』

『でも、きみに褒めてもらえるなら、作れば良かったなって、思ったの』

「ぼくを好きなのは、あなたでしょう……」

届くことのない言葉が、空気に溶ける。

直接、恋してるみたいだ、と言ってきた御早とは違い、おこがましくて本人に言えるはずがなかった。だから、この居間だけで。真白だけに聞こえていれば、それで良かったのだ。

数週間が過ぎた。嫌でも学校に慣れてきた真白は、不良になることはなく、真面目にきちんと通っている。

変わったことといえば、新しい制服を着始めたことか。異世界にやってきた宇宙人ではなく、クラスや学校の仲間に溶け込めるようになったが、それはあくまで外見の話であって、馴染んでいるわけではない。

何日も経てば、クラスメイトも視線や意識を寄越さなくなった。もともといらなかったものが解消されるのはありがたい。

宇宙人が人間になったというよりは、飽きられたのだろう。だから、真白をまだ宇宙人だと思っている、もとい、クラスメイトの一員として認めていない輩も少なからずいるだろう。しかし、過ごしやすくなったのには違いない。

御早に嘘を吐く必要もなくなって、ありのままを話せる状態というのは、実にストレスが少なくて済む。

話せるのが朝晩の食事時しかないのは、いささか不満ではあるが。

「御早さんて小説家なんですか」

ずいぶんとすらすら発言できるようになったと思う。

本音を隠すな、と言われたが、やましい本音を特に持っていない真白にとっては難しいことではないし、思ったことを何でも口にできるというのは幸福なことだった。

日中一緒にいられない不満を爆発させるように、質問をぶつけることは多かった。

「……真白は俺に興味津々だね」

「な、話を逸らさないでください」

しみじみと言われ、慌てて口がつるつるした。要領を得ない声も言葉も、次から次へと飛び出す。肝心な答えを、そうだとも違うとも言えないから、無駄な反発をする。

「別におかしくないでしょう。と、いいますか、ふつうに気になることですよね？」

しまいには開き直ると、そんな真白の様子をおかしがるように、喉の奥でくつくつと御早が笑うから、一連の経過に無駄はないと思ってしまう。

「真白は俺を小説家だと思ってるのか、そうか」

「意味のない茶化しをしないでください」

ぷんすか、と軽く怒っているふりをするが、もちろん本気ではない。本当はこんな小さなやり取りさえも嬉しくてたまらない。そんな感情を隠すことでも、御早は怒るのだろうか。

「一服の時間です」

「ええっ」

食後のお茶を二人で飲んでいたのに、御早はそう言って立ち上がってしまう。

「ぼくを置いてくんですか」

「ありゃま、ずいぶんとわがままになったなぁ」

食い下がろうとする真白に、火の点けていない煙草をくわえながら御早がにやにやとする。むっとして、煙草をひょいと指先で奪った。

「ほら、おいたする」

「子供扱いするんですか」

「子供だろ」

真白がつまんだままの煙草を、御早は取り返す。あ、と開いた口に、煙草をくわえさせられた。さっきまで御早がくわえていた側だ。

「大人ってんなら、こんくらいしてみろよ」

愉快そうに笑って、真白の口から引き抜いた煙草をまたくわえる。なんてことを、と感情が沸騰しかけている真白を置いて、今度こそ居間を出て行ってしまった。

「なんて人だ……っ！」

茹でられたように熱い顔を、持て余す。瞬間的にサウナに放り込まれたようにひたすら暑くて、目がちかちかする。今なら最大火力の湯たんぽになれますよ、と報告しに行きたいなんて、馬鹿なことを考えた。

世界一の馬鹿者になった気がした。

結局、職業についてははぐらかされてしまった。といっても、確認が取れなかっただけで、確信はしている。在宅勤務なのは間違いないし、夜中まで御早の自室の電気が点いているのも鑑みて、執筆をしているのではと睨んでいる。小説を書く。小説家。作家先生。御早の背景に肩書きがどんと浮かぶ。真白の願望も含まれているのは否めないが、きっとそうに違いない。

やたらと御早のことを知りたがるな、と自分でも思う。でもそれは一緒に暮らしていれば、自然なことでは、とも思う。学校にいる知らない顔たちのことよりも、御早を知りたいのは当然だ。

休み時間になっても、教室にいることが増えた。逃げなくても好奇の目はなくなりかけているし、休み時間の度に逃げ隠れしているのは疲れた。若いといっても、真白は体力には自信がなかった。以前、御早から逃げたときに走ったのは授業以外で久し振りだったくらいだ。

机に頬杖をついたまま、食べ終わった弁当箱をちらりと見る。場所が違っても、真白の周りには御早の痕跡があり過ぎる。とても他に目を向けている暇がない。

「倉津くん。数学のノート出てないって、先生が」

振り向くと、頭の上にお団子を乗せた女子が立っていた。笑っても怒ってもいないその女子は、真白の名前を呼び、端的に用件を伝えてきた。一瞬きょとんとしてから、やっと理解が追いついた真白は、ああ、と頷いて机の中に手を突っ込んだ。

「私、係りだから頼まれたの」

つまり見つけ出すまでここにいると言いたいのか。

斜めに顔を傾け、机の中を覗き込むようにして教科書やらノートを確認していく。少し面倒になって、冊子の束を前に引き出した。

「数学……」

さっと出てこなくて、横に立っている女子が苛立たしげにしている気配がした。そのうち幻聴か現実か、舌打ちが聞こえてきそうだった。怖い、と情けなくても思ってしまう。男子のくせに女子を恐れるなんて、と思われそうだが、実際に女子の圧はけっこう強い。

「倉津くん、悪いけど自分で持って行ってくれる？」

見つけた瞬間には、女子はもう背中を向けていた。ぽかんと見送り、時計を確認してから席を立つ。別に、知らせてくれるだけでも良かったのに、と失礼ながら思う。

少しの時間でも、彼女は待っている意志を示してくれたけど。

ありがた迷惑だ、なんて思う自分がひどく嫌な人間に思えた。心がこうした落胆を感じると、さっきまで脳内のお花畑で浮かんでいた御早を強く求めずにはいられなかった。

どうしてここには御早がいないのだろう。

決まっている、学校だからだ。

だったら、来たくない。来なくていいと言われたら、喜んで毎日家にいるだろう。

「災難だったな、牧はクラスで一番怖いんだぜ」

教室の雑音に混じって聞こえた声は、はじめ自分に向けられているなんて思わなかった。でもふと視線をやると、じっとこちらを見ている男子が一人いた。

「………………」

「どした？　フリーズ？」

顔の前で手をひらひらと振られる。鬱陶しくて、その手を払いのけた。

「顔に似合わず攻撃的だ」

「……何だよ」

「ご挨拶だなぁ。怒ると綺麗な顔が際だつぜ」

なんだそりゃ、と思いながらノートを片手に教室の出口に向かう。

「あ、ノート出し行くの？」

その男子はまとわりつくように真白のあとについてくる。そうだとも違うとも答えず歩いているのに、めげずについてくるから困った。無視が通じないんだろうか。

「倉津はつんけんしてるから、みんな取っつきにくいんだよ」

「あそう」

「もっと笑えば、みんな話しかけてくるよ」

「…………」

「笑ってみろよ」

立ち止まって、振り向いた。何の毒気もない顔をして、命令じみたことをしてくるなんてたちが悪い。真白が、一人で寂しいとでも勘違いしているんだろうか。眉を顰め、嫌悪感をあらわにしてやった。

「笑えって言ってるのに、なんで怒るんだよ」

「……ついてくるなよ」

「職員室ならこっちだぜ」

「…………」

向かっているのと逆方向を指さす。

気にくわない、とすぐに思って、感情が制御できていないことに気づく。

落ち着け、と自分に暗示をかけるように呼吸を意識的にした。

立ち止まっている真白を誘導したいのか、いきなり腕を掴んでくる。びくっとして、隙を見せたことに焦りながら振り解く。

驚いた顔をしているのは向こうも同じで、お互いに息をのんだ。

「……いくら何でも傷つくぞ。ばい菌か、おれは」

顔を歪めて、真白は何も言わない。傷ついた、と自己申告してくる男子に、怒りと、少しの罪悪感が胸に湧く。その男子が傷つくのは勝手だが、それが真白によってとなると寝覚めは悪い。それに嫌悪があっても、積極的に人を傷つけたいわけではないのだ。真白が珍しく攻撃的だと言われるのは、この男子が心にずかずかと踏み込んでくるからだ。もっと控えめに接して来られたら、もう少し穏やかな返しができただろうと思う。

「…………」

だが、それは自分の都合だ。

ここで謝りもせず、突き放すだけなら、嫌な人間まっしぐらだ。

御早がいるのに、嫌な人間になどなるわけにはいかない。御早といて、恥ずかしくない人間を目指しているのに。

すうっと息を吸い、一気に吐き出す。

「……何か用ですか?」

「さっきより距離広がってね?」

にこりと笑顔を浮かべ、友好を示そうとして失敗する。不満が途端に返ってきて、すぐに表情を消した。

「笑顔はなくすなよ」

「付き合ってられない」

歩き出し、距離を取ろうとする。失敗しても、立ち上がるまでに時間がかかる。まだ、気持ちを切り替えて目の前の人間に歩み寄ろうとは思えなかった。

「おれ、幸村! 幸村オール!」

背中に向かって自己紹介をされた。御早のときと、心境がまったく違うなと思いながら、苦い顔のまま振り返る。

「オール?」

「あ、ハーフとかじゃないよ。純日本人! 王様が流れる、って書いて王流っていうんだ」

「へえー」

「ぅおーい興味持てよぉっ、泣くぞ」

「幸村さん、ついてこないで」

「冷たい！」

　途方もないやり取りに辟易して、舌を出した。

　今日は転校してから個人的にはじめて話しかけられて、心臓がおっかなびっくりしている。しかもノートを出しに職員室に行った際、担任教師にも心配そうに声を掛けられた。人間三人と接しただけで、こんなに疲弊していては、クラス全員から声を掛けられたらきっと死んでしまうなと結論づけて、すでに死にかけている目で道の遠くを眺めた。

　弱いな、と自分の貧弱さを笑うしかないくらいに呆れて、何も生み出さないため息を大量に吐き出す。あの女子は用事がなければもう話しかけてこないだろうが、幸村という男子は、くじけていなければ明日も真白の前に現れるかもしれない。平穏に過ごせていけそうだった予感が、安心した途端に崩れていく絶望さよ。これは、ほっと安堵した次の瞬間に脅かされるホラーの定番展開のようだ。ちょっと違うかもしれない。

とにかく帰る。帰ることでしか生き返る方法はない。

ちゃっちゃら！

「！」

突然、甲高い電子音が辺りに響いた。思わず周りを見ると、注目されているのはまさかの真白であった。二秒間くらい停止し、はよ止めろという視線の針を浴びてポケットに手を入れた。スマホを取り出した瞬間に音は止み、すると周りは何事もなかったようにさっさと自分の日常に戻っていく。……何とも、世間とは。

音は大きかったが、鳴っていた時間が短かったそれは電話ではなくメールのようであった。お守りのようにただ持っていただけのものは、操作がよく分からないが、道の端に避けると恐る恐る画面を光らせる。

画面の真ん中辺りに細く、メッセージあり、という文字と御早の名前があった。実際に御早と繋がった瞬間に、ぴゃっと肩が跳ねる。意識がすべてそちらに向き、街の音や声が届かなくなった。

指先で触れると、開かれたメッセージがぱっと表示される。

ふぉわ、と変な吐息が漏れた。

文字の一つ一つが御早の打ったものだと思うと、何だかじんとしてしまう。はじめてもらったメッセージにひとしきり感動してから、内容に目を通す。

『お疲れ。秋山書店に今いるんだけど、まだ通り過ぎてなければ合流しない？』

「えっ！」

思わず画面に向かって声が出てしまった。道の端に避けたまま、じっと画面を眺める。

あともう少し歩いた先にある秋山書店に御早がいる。家の外に御早がいるというのは、何とも現実味がない。あの家に帰らないと会えないんだという先入観が強かったから、早めにご褒美がもらえる気分だった。

『了解しました』

たどたどしくも返事を打ち込み、送信した。やり取りを終え、足早に本屋に向かう。

いつも前を通り過ぎるだけだった店の自動ドアに迎えられながら、足を踏み入れた。明るい店内に、新しい紙の匂いが香るようだった。無意識に鼻をひくつかせながら、きっと御早は小説のコーナーにいるだろうと予想する。かなりの広さに少し興奮しながらも、天井に下がるジャンル表示を頼りに進んでいく。コミックのコーナーに差し掛かったとき。

「あれっ！　倉津！」

いきなり名前を呼ばれてぎょっとした。反射的にそちらを見ると、目を丸くさせて驚いている、同じ制服の男子生徒がいた。驚きが通り過ぎると、その唇は笑みを形作る。対する真白は苦いものが口にも顔にも広がった。

「げ…………」

幸村王流。

一日に二回も会ってしまうとは、災難だ。早くても明日、絡まれるのをやっと覚悟していたのに、今日の、今この瞬間とは。

さっと踵を返そうとして、けれど一足先に動いていた王流に肩を掴まれた。強張った肩は他からの接触に驚き、またその手を思い切り振り払っていた。

「あっ」

相手のショックを受けた顔を見て、お互い学習しないなと舌打ちしたい気分だった。

「じゃ」

「おい、逃げんなよぅ」

歩き出しても付いてくる。こういう輩の思考ってどうなっているんだろう、と冷静になるべく哲学的なことを考えるが、如何せん、やかましくて考え事どころではない。物理的に引き留めてこない代わりに、どこまでも追いかけてきそうな勢いだった。こんなものを引き連れて、御早と合流したくない。

「なあ、よくここ来んの？　おれはさ、参考書見に来たんだけど新刊発見しちゃってさ！」

チェックしてなかったのがいきなり出てるとビビるよな！　と続けながら、ほら、ほら、と嬉しそうに一冊の漫画を掲げてくる。前を向いて歩かないこいつは危ないのも気にせず、真白から目を離そうとしない。颯爽と競歩している真白にぴったり付いてくる。

いら、とする。隠すのも面倒で、ぴたりと足を止めるときっと睨んでやった。

「ついてくるな」

「一緒にマック行かね？　いやぁ、倉津ともっと話したくてさ」

渾身の睨みもスルーされる。何故こんなにもシカトをしているのに、構ってくるんだ。

そろそろ頭が痛くなってくる。こんなことになってしまうんだったら、多少乱暴でも撃退できる方法を知っていそうな不良の道をもう少し真剣に考えておくんだった。

後悔していると、ふと王流の顔と視線が真白の後ろに向けられたことに気づく。今度はなんだ、と思って苛々しながら振り返ると、なんとそこには御早が立っていた。

この世に神はいる、と瞬間的に思う。パッと辺りに花が舞った気がした。

「御早さん！」

「真白、きみ、何ナンパされてるの」

「ナンパ？」

いきなり現れた御早とその発言に、意表を突かれたのか素っ頓狂な声を王流が上げた。

「倉津の知り合い？」

王流が聞き終わらぬうちに、真白は卑怯だとは思いつつも御早の後ろに隠れた。そんな様子を、御早も王流も目で追う。

しばしの沈黙が落ち、店内のざわめきがその空間だけを置いてきぼりにした。

「……あー、あのね。きみ、ナンパはいかんよ。嫌がってるだろう」

「はぁ？　ナンパじゃねっすよ。倉津はクラスメイトなんだから。おじさんこそ、未成年に声かけて、そっちのほうがいかんでしょ。エンコウなら通報しますよ」

「…………なんだこいつ？」

王流を指しながら御早に首だけ振り向かれて、真白は黙り込んだ。答えたくもない、そもそも関わりがあると思われるだけで心外だった。

御早が王流に向き直り、不思議そうに首を傾げた。

「……ああ、ストーカー？」

「ストーカーでもねえよ！　どこをどう見たらそうなんだよ！」

「いや、完全に嫌がられてたけど」

「照れてるんだよっ」

ぎょっとした。そんなわけあるか、と怒鳴ってやりたくなる。

我慢して唇を震わせていると、御早は埒が明かないとばかりにため息を吐いて瞑目した。真白と同じく、王流の相手は疲れたのだろう。眼鏡の縁を撫で、どうしたものかと思案しているようだった。

「まあいいや。俺は真白の叔父だから、残念ながら援交じゃねぇよ」

「叔父？」

「保護者なの。こいつを守る立場。分かった？」

それじゃあ、と王流に背中を向けると、真白と向き合った。ぽん、と手に持った本で小突かれる。

「きみもへんなのに絡まれるなぁ」

「……………」

「帰るか。あ、その前にこれ買ってく」

レジに向かおうとする御早に、真白はまた置いて行かれるのかと思ったが、指先と指先が触れた。はっとする。手を見て、それから御早を見上げた。

「はぐれるといけないから」

「…………っ」

人は多いが、それほど混雑していない店内ではぐれるはずもない。御早なりの気づかいだ。けれど、幼児でもないのに、手をつないで歩くというのは、何とも恥ずかしい。本を選ぶのに夢中になっている者もいれば、御早と真白にちらりと目を向けてくる者もいる。しかし真白が気にするほど、人は他人に頓着しない。すぐに視線を戻し、見なかったふりをする。

唇をやわく噛んで、それでも拭えない羞恥に耐える。

どうしたって、御早の手を振り払えるわけなかった。どんなに人に見られても、恥ずかしくても、奇異の目で見られたとしても。

自分から御早の手を離すなんて、真白にはできなかった。

会計をする際に離れてしまった手が、名残惜しい。今まで御早の熱が触れていた指先をじっと眺め、その感覚を忘れないように記憶に刻んでおくことしかできない。

帰り道に、また手がつながることもなかった。

それはそうだ、王流から守るために、してくれていたことなのだから。もうどこかへ消えた王流のために、御早は触れてこようとしない。

「御早さん、出かけてたんですか」

「うん。ちょっと買い物をね」

買った本を持つ手を揺らしながら、御早は真白の右側を歩く。さりげなく車道側を選んでいるのは、さっき御早が言ったように保護者だからだ。

叔父だから、甥を守ってくれようとしている。

「メッセージ、届いて良かった」

「……音、大きかったんですよ。マナーモードとかにしとかないと、学校で怒られますよね」

「あ、そうなの。それはまずかったな。送るの放課後にして良かった」

「……別に、いいですけど」

「マナーモードの仕方、分かる？」

距離を詰めて聞いてくるから、どきっとする。御早が近いことなんて、珍しいことではないのに。外だからだろうか。ふわりと香るのは、いつもよりも強い煙草の匂いだった。

一瞬、外のどこで、何をしていたのだろうと思ってしまった。買い物と言っていたのに、他の誰かといたんじゃないかと勘繰っている自分がいる。なんて浅ましい。

「……家、帰ってからやりましょう」

「ん。そうだな」

逃げたい気がしてそう言えば、元の距離に戻ってしまう。ほっとして、でも残念で。

……御早は、真白ただ一人だけのものではないのに。

唯一の叔父ではあるけれど、真白が言いたいことはそうではない。形容しがたい感情が渦巻いて、せっかく御早と帰宅しているのに、気もそぞろになってもったいない。だからといってすぐに払拭できるものでもなかった。

夕陽に目を細めている御早は、気づかない。それでいいはず、でも気づいて欲しい。

もう一度、手を引いてくれないものか。

そうしたら、力を込めて握り返すのに。

「やっぱり若さだな」

帰宅し、さっそくスマホを二人してああだこうだとやっていると、御早が感心したように天を仰いだ。マナーモードの設定どころか、通知の消し方などを簡単にやってみせた真白の飲み込みの早さが、御早には驚きだったようだ。

「御早さんも若いじゃないですか」

「俺は習得するまでもっと掛かった」

「はあ、ところで御早さんていくつなんですか？」

「息をするように質問してくるなぁ」

困ったように言いながらも楽しそうなので、真白は調子に乗ってしまう。

「今日って本屋の他にどこか行ったんですか」

「行ってない。本屋だけ」

本当だろうか。御早を疑いたくはないが、本屋一軒に行くためにこの叔父は外に出るだろうかと失礼なことを考えた。用事はまとめて済ましたい性分のはずだ。

それに、と思う。

御早ほどの人に、想いを寄せない人間はいないと思う。誰かに誘われて、昼食でも共にして、あの時間まで一緒だったのではないだろうか、という妄想が勝手に頭を占領していた。

忘れそうになるが、はじめてここへ来たときに、女の人もまたここに来ていたのだ。御早は友達だと言ったが、もっと違う、深い関係に見えた。あれ以来、見かけることはない。

別れたのだろうか。こめかみがじくりと、痛みとも熱ともとれない感覚に陥る。

御早を最低呼ばわりし、去っていった人。でも、完全に嫌いになっていなかったら、また御早と会いたいと思うのではないか。あの女の人と、もしかして会っていたんじゃないか。

俯いて、スマホの画面を眺めていると、横にいた御早が立ち上がって台所に向かってしまった。

途端に熱が離れ、何とも言えない感情に囚われる。すぐにあとを追い、御早の横に並んだ。

「御早さん」

「ん？　腹減った？」

「…………」

黙って、拳を握る。指先は御早を求めてやまないのに、子供っぽいだろうとか、甘えるのは恥ずかしいとか、つまらない見栄が邪魔をする。だから耐えた。ぐっと拳を握っても、爪が肉を裂くことはない。自身の無力さを突き付けられる。

「どうした……」

様子がいつもと違うと思ったのか、夕飯の準備をしていく手を止めた。コンロの前に向いていた身体を、真白のほうに修正してくれる。

そんなにやさしい声を出すのも、ちゃんと話を聞こうとしてくれるのも、ずるい。

叔父の立場だからと思い知っているから、いっそ突き放して欲しい。

叔父としてのやさしさより、もっと対等な位置に行きたい。

それには真白は子供過ぎるし、繋がった血がそうさせるのは難しい。

どうしたって、どこまでいったって、叔父と甥なのだ。

「真白?」

心配しているのが、声音に混じって分かる。

黙ったまま俯く真白に、御早が苛立ちを見せることはないが、困惑はしているようだった。辛抱強く話し出すのを待ちたいけど、心配で焦れているみたいな感触が伝わってくる。

だから、早く何かしらの言葉を吐き出さないといけない。

「……わがまま、なんです」

「わがまま？」

「言いたいこと」

御早も口を噤んだ。少しほっとしたように目元を緩めて、真白の頭に触れる。さらさらしている髪の感触を楽しむように梳きながら、お伺いを立ててくる。

「なんか欲しいもんでも？」

「……お話、したいです」

「俺と？」

こくり、と頷く。

「それがわがまま？」

「少し違うけど……大体は」

真白自身も自分の欲求を理解しきっているわけではなかった。だから曖昧な返事になってしまったけど、御早が断るはずがないと勝手に決めつけていた。

「座るか」

促され、居間に戻ると先ほどまで飲んでいたお茶の湯呑みがそのまま残っていた。冷め切っているであろうそれに口を付け、喉を潤している様子の御早を、今さら直視できない。

「……それで」

真白が話し出すまで待っているつもりだったのだろう、だがやがて痺れを切らしたように御早が口を開いた。

「俺と話したいって」

「は、い」

声が震えそうになって力を込めると、喉の奥が振動した。真白もまた、冷め切ったお茶を口に含んだ。冷たいお茶は、苦みを増していた。

「言いにくいこと？」

「……そういうわけでは」

いざ話すとなると、何から言葉にしていったらいいか分からなくなってしまう。御早に関して気になることなど、本当はたくさんある。あり過ぎて迷ってしまうほどあるが、今は他愛のない話ではなく、しっかりと御早の気持ちが聞ける話題がいい。

「俺からいい？」

「え、あ」

もちろんです、と頭を縦に思い切り振る。

「さっきの奴、クラスメイトなの？」

「あ……はい、そうです」

「いじめられてるの？」

「……いじめ、というか。そういうのじゃないですけど、つきまとわれていて」

「やっぱりナンパじゃないか」

「…………」

うぅん、と唸りたくなる。本来なら異性を誘う際の言葉だろうが、相手も自分も男だった。それに、そんな色を含んだ話ではない。からかっているというか、いじめではないが、自身が感じた迷惑を考えるとそっちのほうに近いと思う。

「マセガキ」

吐き捨てるように御早が言った。

少しだけ不機嫌なような気がするのは、思い違いだろうか。それなのに何故か、心がふわ、と高揚する。

「あいつはどうでもいいんですが」

「でも、明日も会うだろ」

「はあ、不本意ですが」

学校に行けば、嫌でもいるだろうし。クラスが違ければまだ良かったが、同じ教室内にいるというのは、何とも厄介だ。転校初日からほっとかれていたのに、どうして数週間経った今頃に構ってくるんだ。むかむかする。放っておいて欲しい、と切実に思う。

「つきあってる奴がいるって言えば」

「は、はあ?」

いきなり何を言い出すのかこの人は。

「そうすれば諦めるかも」

「え……え?」

うん、と自分の提案に一つ頷いているが、展開が早い。御早の中では決まりかけているかもしれないけど、真白は急に何を言うんだと処理が追いつかない。

「ま、待ってください。そんな人いません」

「あ、つきあってる奴?」

こくこくと、これでもかというほど頷いてみせる。驚いたりなんかさせない、と勢い込む。不思議そうな顔でもされたら、何か仕返しを考えないといけない。ちょっとやそっとで、許しちゃいけない。

「んー……」

「べ、別に対策なんて考えなくていいですから」

御早が王流のことを考えている時間が長ければ長いほど嫌だ、我慢ならない。

「え、でも俺が嫌だし」

「………はい？」

「良くないものは遠ざけたほうがいいぞ」

「え、なんで御早さんが嫌なんですか」

「ストーカーくっつけてて欲しくない」

「………はぁ」

間の抜けた声が漏れる。頭は都合のいい解釈をしたくてたまらなく、疼いていた。いや、しかしきっとこれはぬか喜びだ。叔父としての立場で言っているだけに決まっている。そうじゃなかったら、逆にどういう意味だ。

「中学生だし、警察は大げさだよな」

「大げさです……」

「冷たくすると余計に燃えるのかねぇ」

いつの間にか煙草を取り出し、火の点かないままくわえていた。考え事するときに、そうすると落ち着くのだろうか。なんて、今の話題そっちのけで見とれてしまう。

御早は美しい。何をしていても絵になる。初対面でもそう思ったが、今は濃度が違う。水彩画が油絵になったくらい違う。

「嫌じゃなければ、少し仲良くしてやる？」

「嫌です」

「そうだね」

意見が一致する。うん、と頷き合った。

「ボディガード雇う……」

「それも大げさですね……っていうか、いいですよ、そんなに悩まなくても。自分でどうにかできます」

「俺は真白に、嫌な思いはして欲しくないんだよ」

真面目な横顔は、ふとそんなことをつぶやく。真白に訴えかけるものではない、自分がどうにかしたいと思っているような声音と調子だった。

「御早さん……」

保護者でも何でも、ここまで思われて嫌なわけがない。御早は純粋に、真白を心配してくれている。そんなこと、分かっていたはずなのに。

だって真白は御早にとって、甥である以前に……。

「きみを不幸にしたら、姉さんに怒られるからな」

「……そう、ですね」


姉の忘れ形見なのだから。


「きみのこと溺愛してたからさ、親ばかだよなぁ」

母親のことを思っているのだろうな、とすぐに分かる表情。真白に向けるそれとは違って、懐かしさが滲む。それだけではない、慈愛も。

母と叔父は、仲が良かったのだろうか。あまりよく知らない。でもきっと、仲睦まじい姉弟だったに違いない。御早はこんな顔をするんだから。幼い真白にとって、母は母でしかなく、その背景なんて考える間もなかった。世界は母親、父親、自分で構成されていた。

周りの大人は最初から大人で、自分と同じ年頃の子もずっと子供。幼い認識とは、そんなものだ。

「………御早さんは」

問いかけていいのだろうか。御早は、きっと答える。聞きたいけど、聞きたくないこと。

それを受けて、自爆するのは真白自身なのだ。

「母と仲良かったんです、ね」

「……」

当たり前だろ、と返ってくる。御早がまだ口を開ける前から、そう聞こえてくるようだ。深く考えに入り込みすぎて、気持ち悪くなる。

何よりも誰よりも、母親が一番、御早に近いんだと。

そんなこと、知っている。知っているはずだった。でも理解と納得は、まったくの別物だ。もうこの世にいない母親は、御早の心を惹きつけてやまない。いなくなってしまったことで、御早の胸に永遠が刻まれた。

それを御早から聞かされるなんて、一番つらいはずなのに。それなのに、言葉として外に出してしまったら、もう終わりなのだ。耳を塞ごうが心を閉ざそうが、決まった答えを御早が口にするのは、もうすぐそこまで来ている。

「いや……」

少し言いにくそうにしている御早に、気づかない。真白の目は御早の姿を映しているが、それは表面上のことだけで、御早の心の揺れには気づかない。

「そんなに仲良くなかった」

「………」

……聞き間違いだろうか？

「真白に言ったらがっかりするかもしれないけど、実はそんなに仲良くなかったんだ。いや、正確には、姉さんのほうは歩み寄ってくれたけど、俺が……まあ突っぱねてて」

言葉は出てこなかった。

聞きたくなかったことを回避できたはずなのに、何故だか今はそれがとてつもなく醜悪な感情であることを知った。

真白は、母を貶めたのだ。

「……っ」

こんな感情が、自分が、存在していていいんだろうか。

誰よりも自分を愛してくれた母を。無上の愛で包み込んでくれた母を。

真白は自分が、母ありきの存在であるのを拒もうとしたのだ。

「出来がいい姉に嫉妬していただけ。姉さんはそれでも、俺に構うのをやめなかった。親ばかになっても。だから後悔してる」

「………」

「もっとやさしくしてれば良かった」

「だから、ぼくを引き取ったんですか」

別に責めたわけではない。理由はどうあれ、御早に引き取られて真白は嬉しかった。最初からではなかったが、それでも十分なものをもらった。

「罪滅ぼし、ですか」

最悪な言葉を吐き出している。言わなくていいことが、口から滑り出てくる。

御早は、目を細めた。微動だにしないけれど、肯定しかできないはずだ。分かり切っていることを言葉にさせようなんて、底意地が悪い。最悪だ、人間性を疑われる。

だって、と反論する自分もいる。

自分は自分なのに、母親のフィルターを通してでしか、見てくれないなんて。

「そう、だな」

静かに頷かれ、胸に先端の尖ったものが突き刺さったようだった。

目の奥が熱くなる。息がしにくい。

どうしてあのとき、車に轢かれなかったのか。

どうして亡くなったのは、自分ではなく母だったのか。

消えてしまいたくなる。

「……っふ、う」

「真白、」

「本当は、ぼくだったら良かったですか？　母じゃなくて、あのとき事故に遭ったのが。そうしたら、御早さんは後悔せずに済みましたよね？」

これには頷けるはずはないと、高を括る。とても姑息な真似をしている。でも、この暴走は止まらない。他の誰かに認められなくてもいい、ただ一人、御早にだけは、誰かの代わりだなんて思って欲しくなかった。どんなにひどい言葉を吐いてでも、真白を真白として。一人の人間として見て欲しかった。

「馬鹿なこと言うな。そんなこと思ってない」

「でも、ぼくなんか残っても、」

「真白」

「……だって御早さんが。御早さんが、おかあさんのこと大切にしているからっ。頭では解ってます、でも。ここにいるのはぼくなのに……っ！」

ひどい人間だ。ありとあらゆる可能性と未来を失った。

こんなこと口にしたら、終わりだ。

御早は、見限る。

御早が大切にしているものを軽んじる発言しかできない。真白にとっても大切であるものなのに、どうして一緒にそれを抱えていこうと思えないのだろう。

どうしてこんなにも、御早を求めてやまないのだろう。

「……姉さんが残っていても、きみがいなかったら、俺は嫌だ」

「…………………っ」

「選べるなら、両方を選ぶ。二人ともを、選ぶ。でも姉さんはもういない。姉さんは、いないんだ」

「おかあ、さん…………」

「どっちがとか、そうじゃない。選ぶなんておこがましい。人の命なんだから」

「…………」

「姉さんに、生きていて欲しかった。何も返せないまま、いなくなった。でも、真白がいてくれるから、俺は挫けても、そこからまた立ち上がれる」

声に、言葉に、力がこもる。

「真白がいて、救われたんだよ」

「……本当、ですか」

「ああ」

「御早さん、ぼく、いてもいいんですか」

「もう、馬鹿なこと言うな。それ以上は、怒るぞ」

重苦しい空気を取り払うように、御早は笑って見せた。真白の心を軽くするように。ただそれだけで、弛緩する。抑えようとする力が抜けて、涙がぽろぽろこぼれる。

「きみ、自分の親に妬いたって仕方ないだろ」

「ふ、だ、って……」

「もう泣くな」

頬を手のひらで包み込まれる。あたたかい。目を細めて受け入れると、頬をつまんできた。むい、と軽く引っ張られると、悪戯っぽく笑われて、どちらが子供か分からなくなる。

「きみは、俺を愛しすぎだな」

「みひゃやひゃん……」

「やっぱりきみ、かわいいな」

やさしく微笑む。そういうあなたは綺麗です、という言葉を飲み込んで、レンズの奥にある瞳を覗き込もうとする。本心が見えても見えなくても、この距離にいたいと願う。

涙で滲んだ視界の中で、御早が近づいてきたかと思えば、唇に唇が軽く触れてきた。

すぐに離れて、今のは現実なのか夢なのか分からない。そっと手も離れていく。追いかけたくて、視線が御早のほうへ引っ張られる。

「……なん、ですか、今の」

夢だろうか。それとも。頭に靄がかかったように、はっきりしない。

「かわいいな、と思って」

「は……？」

「やべ、姉さん怒るかな」

唇をぺろりと舐めると、真白をちらりと一瞥する。真白があまりにもあっけにとられているから、御早も悪いことをしたとでも思ったのか、首筋を掻いた。

「みは、みは……」

「ミハエルとでも呼ばれそうだな」

「御早さん!?」

「あのねえ、俺だって男よ。あんなに露骨に好意向けられて、何も感じないわけないだろ」

「は!?」

「語調つえー」

ははっ、と笑う。笑っている場合か？

驚きすぎて涙も引っ込んだ。何が起きた、と一から整理してみても、結論として唇同士を合わせたことしか残らない。

唇、唇に、御早が触れた。御早の唇が触れた、確かに。確かに？ 嘘ではなく？ あまりにも短時間に起きたことで、嘘か本当か分からない。どっちなのだ、したのか、していないのか。感触は、さっとすぐに離れていったことで余韻という余韻はすでに消えかけている。

どっちだ。だが、したからこうして混乱が起きているのだろう。

「まあ、落ち着きなさいよ」

「御早さん!? 何、何して……」

闘牛士よろしく興奮状態の真白を落ち着けようとしてくる。どうどう、と手振りまで加えてきても、わけが分からない真白は冷静になれるはずもなかった。

「そんな大きい声も出るんだね」

「だって……!」

「怒った?」

「怒っ……おこ、」

怒るとか、そういう問題ではなく。それ以前に。

「なんでですか!?」

「え、何が」

「なんでその、く、口……」

「かわいかったから」

「かわいければ何でもいいんですか!?」

興奮が冷めぬまま、御早に詰め寄る。仰け反って逃げていく御早を逃がすまいと、さらに詰め寄った。

「あ、やっぱり怒ってる」

「怒ってませんけど！」

心臓がひりついて、痛い。どうしてあんなことをしたのか。かわいいから？　かわいいからってなんだ。

「……あなたの甥ですよ？」

自分が嫌だった立場さえも持ち出さないと、御早は動じてくれない気がした。そんなに平然としているのは、単にそういった行為に慣れているからなのかもしれない。けど、相手は選ぶべきだろう。誰でもいいとしても、そこに真白を入れてはいけない。甥だから、血が繋がってるから、男同士だから。

してはいけない理由のほうが多いではないか。した理由なんて、どうせかわいかったからという一つだけだろう。それなのに、衝動に任せて強行してくるのは、一体どういうことなのだ。

「甥はかわいいに決まってる」

「…………」

だんだん言葉が出てこなくなる。何を言っても、きっと御早は動じないのだ。どういう感情なのか知らないが、仮にも好意を寄せられている相手に軽々としていいことではない。勘違いや誤解が発生する元だ。

かわいければ、本当に誰にでもしているのだろうか。

でも真白は女ではないのに、もう頭の中はぐちゃぐちゃだ。

「嫌だったなら謝るけど」

言いながらも、悪びれている様子はない。少し残念そうにしているだけだ。

「そ、そんな軽い人だとは思いませんでした！」

「軽くないよ」

「軽いですっ！　好きでもない人間とするなんて、軽薄です」

ふいと顔を逸らすと、御早が困ったように唸った。耳にそれは届いたけど、反省には繋がっていないだろうことは分かる。

「今日は自分の布団で寝てくださいね！」

ここまで言うつもりはなかったが、何としても御早に事の重大さを分かって欲しかった。

真白は、ただミーハーな気持ちで御早を想っていたわけではない。ただ綺麗だから、惹かれたのではない。もっと軽い気持ちの人間だったなら、喜べたかもしれない。

でも真白は、重くて濃度の高い気持ちを抱えている。

それは御早も知っていると思っていた。口には出してないけれど、それでも伝わっているものだと思っていたのに。

「………」

「な、なんですか。そんな捨てられた犬みたいな目をしたってだめですよ」

「俺ってきっとチワワじゃなくて大型犬だね」

背、大きいし。などとのんきなことを言っている。どうしたって、御早は分かってくれない。すれ違って、こじれていく感覚が、どうにも嫌な気分だ。御早とこうなりたかったわけじゃない。

だから踏み込むと、だめなのだ。それは他人なら離れて割り切れるけど、身内では難しい。縁は切れないし、御早との縁を切りたいわけでは決してない。

むしろもっと繋がりたかったのに、こうなってしまっては真白にはどうすることもできない。なあなあにしてしまえば、これからの関係にだって支障を来すだろう。これからもここにいたいと思うから、御早の気持ちをそのままに真白が許すことはできないのだ。

「……お風呂行ってきます」

このままそばにいても、堂々巡りだ。真白自身も、頭を冷やさないといけない。こんなに激高していても、怒っているわけじゃない。怒っていないけど、御早がただの気まぐれでしてきたことなら、やっぱり許したくない。

興奮状態で湯に長く浸かるのはまずいだろうと、シャワーを浴び、ざっと湯船に入ってすぐに出た。普段はもっと長く浸かりたい派だが、今夜は烏の行水になっても仕方ない。のぼせて迷惑をかけるのも、今の状態なら余計に憚られる。

入浴を済ませ、居間を通り過ぎようとする。戸は閉められていたが、中から気配がするから御早はまだいるのだろう。

仕事をしているのだろうか。何をしているのだろうか。真白は、御早の知らないことがまだたくさんあった。日中何をしているのか、漠然と仕事としか考えてこなかったが、趣味は何だろう。やっぱり本関係だろうか。それとも、何だろう。想像の羽は、広がらない。断片も少ししか見えていないのだから、当たり前だ。

話すことを、望んでいた。だから、今ここに御早がいるのに通り過ぎるのは、大変にもったいない。でも、謝ったって御早に反省の色が見えないなら許す気がないのだから、ここは素通りしたほうがいいのだろう。

相反する気持ちが真白の頭の中で、天使と悪魔になってささやく。

キスのことなんて許してしまえ。いいじゃないか、憎からず思っている相手なんだから。

いいや、許しちゃいけない。何とも思われてないのに、大事なファーストキスを奪われたんだぞ。

本能に忠実な真白の天使と悪魔は、真白をこちらへ引きずり込もうと互いに必死だ。己の主張を訴え、それぞれこちらが正しいと言い張る。

「でも……」

ぐるぐるする。両脇から同時に腕をぐいぐい引かれ、千切れんばかりだ。

「……ぼく、は」

痛みは罪悪感と高揚感によって生まれる。

許せないのと、嬉しい。

どちらの本能も、確かに真白の中にあるものだ。だからどちらに従うかを決めるのは、より強いほうということになる。

「……嬉しい、に決まってる……っ」

蚊の鳴くような声で、絞り出す。たとえ、御早にそういう気持ちがなくても、真白の中にあるのは誰にも否定できないのだ。

戸に手をかけようとしたとき、それは独りでに開いた。

「わ！」

驚いて仰け反るが、中に御早がいるのは分かり切っていたことだ。もちろん中から開けたのは御早だ。

煙草をくわえている。一服に向かおうとしたらしい。

お互いに目を丸くして見つめ合っていたが、我に返って行動を起こしたのは真白が早かった。

言葉はないまま、くわえられた煙草を奪い取ると、自分の口でくわえた。

もちろん、御早がくわえていた側。

火が点いていない煙草はしかし、ちゃんと御早がくわえていたという、喫煙者の煙草に対する価値ではないものがあった。真白にとって、それを実行することは、勇気を生クリームのように絞るのに等しい。

「…………」

勝ち誇った顔をする真白を、御早は虚を突かれたように見つめる。

「……おいたが過ぎるぜ」

「御早さんなんか、直接じゃないですか」

煙草を摘んで、言い返す。記念に欲しいくらいだった。煙草の匂いは嫌いだし、身体に良くないことも昔から知っている。でも御早の吐息が触れたものが、嫌いになれるはずもなかった。

「間接なんて、甘いですよ」

唇から離し、煙草を後ろ手に隠すと、御早は新しい一本を取り出そうとして、やめる。その間ぽかんとしていたが、やがて口元が笑いをこらえるように歪んだ。

「っふ、そうだな、甘いな」

「でも、まだぼくは子供ですから」

「それで我慢するのか」

「……します。御早さんが、本気になるまで」

ぐっと腕を掴まれ、居間に引っ張り込まれる。戸がとん、と閉じられ、廊下の冷気が途切れた。室内のあたたかい空気が、二人を包む。

「ストーカーでもナンパでも、近づけさせたくないのは本気だ」

「忘れ形見だから、」

「姉さんのこともあるが、関係ないとも言える」

「大人は……回りくどいのが得意ですね」

「きみも、すぐ大人になるよ。あっという間だ」

「………」

「でも、今すぐではない。俺は待ちくたびれるだろうな」

くしゃり、と真白の頭を撫でる。その手が、指先が、これまでとは違った熱を帯びていることを、真白はまだ知らない。

悟らせるつもりもない。大人だから、隠し通せる。

すぐだと思う、大人になるのは。

でも、まだか、と痺れを切らすのも、すぐだと思う。

「……どういう意味ですか？」

「真白はかわいいな、ってこと」

「……男なんですよ」

それでも嬉しさを隠せないのは、きっと素直だから。頬を膨らませ、怒りを偽装しようとしても、大人の御早にはきっと見破られてしまう。それを承知でも、緩む口元を見られないようにするには、十分だった。

「きみはごみを収集する趣味があるのか」

大事に取っていた一本の煙草が見つかり、慌てふためくのは、翌朝の話。

うららかな休日だった。

真白は、分担された仕事の一つである洗濯物を干し終わり、お茶を一杯いれたところであった。居間で本を読んでいた御早が、戻ってきた真白を見て本を閉じた。

「あ、また一服行くんですか」

「うん」

「干したばかりですよ、洗濯物に匂い付いちゃいます」

「ええ」

「取り込んでから行けばいいじゃないですか」

「半日も我慢するの？」

「禁煙しないんですか」

「……して欲しいの？」

質問の投げ合いの末、真白のほうが黙り込む。御早の身体を思えば、して欲しいと答えるべきだが、一服だと言って煙草を口にくわえている御早は何とも言えず魅力的だった。真白の目の前では決して吸わないけど、紫煙をくゆらせる御早はもっとかっこいいだろう。

でもそんな理由で寿命を縮めさせるわけには、と悩んでいる隙に、いつの間にか居間から姿が消えていた。

「……御早さん？」

しん、とした沈黙しか返ってこない。心細くなり、立ち上がる。

「御早さん」

名前を呼びながら、廊下を歩く。煙草を吸っている場所に向かいながらも、途中でひょっこり顔を出してくれるのではという淡い思いから、呼ぶのをやめない。

まるで幼子のようだ。というのも休日は、ずっと一緒にいられるという安心感から、子供返りをしているみたいだった。甘えてもいい日、と無意識に定めているのかもしれない。

「御早さん、御早さん」

さっきまで洗濯物を干していた庭を眺められる縁側に、腰を下ろしている御早を見つけた。

「御早さん」

つけた。

周りを煙が舞っていたが、真白が駆け寄ってくるのを認めると、すぐに灰皿に押し
「んぁ？　真白？」

「きみは来ちゃだめでしょ」

まだ煙あるから、と手のひらでそれ以上近づこうとするのを制してくる。む、と唇を尖らせるけど、言うことを聞いて一時停止した。風で流れていく煙と、その匂いを目で追うようにしながら、しばらくそのまま時間が過ぎた。

真白は待てをされた犬さながらに、辛抱強く待った。

我慢できた暁には、たくさん甘やかしてもらえるご褒美がある。

「ん、いいよ。おいで」

気が逸るあまり、足がもつれそうになる。

「きみ、湯呑み持ったまま来たのか」

言われて気づく。休みボケとは恐ろしいものだ。自分の分だけというのも申し訳なくて、御早の分も取りに行こうとすると、止められる。

「俺のはいいから。ここにいな」

「……はい」

大人しく御早の隣に腰を下ろす。食事や話をするときは対面に座っていることが多いが、横に並んで座るのも、同じ景色が見られていいものだと思う。

「平和だなぁ」

御早がしみじみと言うのを、その通りだと思いながら聞いている。

「空は青いし、雲も流れている。ついでに真白が干してくれた洗濯物も舞っている」

「二人分は、少ないですね」

「一人分よりは多いぞ」

「それはそうですよ」

意味のないやり取りでも、おかしくて笑ってしまう。

ぽかぽかとした陽気は、思考する力を奪っていくようだ。脳が溶けて、何も考えられない。幸福が目に見えるのなら、きっとあたたかな色をしていて、丸い感じなのだろう。ついでのように眠りにも誘われて、母親の腕の中に包まれているような安心感があった。

「真白、膝貸して」

御早も同じことを思ったか分からないが、くぁと小さな欠伸をした。

「え？」

ぼーっとしていた真白は反応が遅れるが、構わず御早はその膝に頭を預けてきた。

「……硬くないですか」

男の膝など、女性のものに比べれば心地のよいものではないだろうと思う。でも視線を落とせば御早の顔があるのは、幸福以外の何物でもなかった。異議を唱えて離れていってしまうのは惜しいが、御早の気持ちが良くなければ、己の膝に引き留めておくのも悪いだろう。

「硬くない。重くない？」

「重く、ないです」

少しの嘘が混じる。でも、本音がこのままを望んでいる。

「いいなあ、穏やかで」

仰向けになり、真白を下から見上げてくる。御早の耳の形を眺めていた真白は、急に視線が交じり合って驚いてしまう。

「な」

「は、はい」

短く同意を求められ、ぎこちなく頷いた。

とても、近い。寝るときはもっと密着しているが、また違った距離の近さだ。下手に数センチ離れているから相手の顔がよく見えて、その表情がお互いに読み取れてしまう。

風が吹いて、二人の髪がそよそよと揺れる。

「まずい、寝そう」

「寝るなら布団敷きましょうか」

「んー」

「ここに敷いたら、陽が当たって気持ちいいですよ」

「……それも魅惑的だが」

唸るように言ったかと思うと、真白の腰に腕を回してきた。いつもの抱擁とは違う密着に、どきっとする。御早はこちらの気持ちなんて知っていないふうに、じゃれるような声を出す。

「落ちるー」

「落としませんよ」

「真白は膝が砕けても、俺を落とさないかもね」

「砕けたら、無理ですよ」

「そしたら落ちて俺の頭も砕けるな」

「……心配なら、退けばいいじゃないですか」

寝心地よくないだろうし、と自虐すると、からからと笑っていた御早は、涼し気な微笑みを見せた。

「こんな特等席なのに？」

「……っ」

この人は、自分を惹きつけるのが本当に上手い。何気ない一言で、自身が震源地になってしまうほど心を揺さぶってくるのだ。

だから脳が甘く溶けていく。それが必然な氷菓子のように、熱で炙られ、時間が経過するごとに原型をなくしていく。そのうち自分は、固体ではなくなってしまうのではないか、と馬鹿みたいな想像をする。

「御早さん、」

呼ぶ声に被さるように、家のチャイムが鳴った。来客を知らせるそれに、不必要に肩をびくつかせる。思わず御早の頭が縁側の外に落ちそうになって焦ったが、慌てて支えて事なきを得る。洒落にならない。御早も防衛本能が働いていないみたいに力を抜いているから、余計に冷や汗が出た。

「あぶねー」

「起きてください。誰か来ましたよ」

腹筋を使って起きあがると、露骨に迷惑そうな表情をした。

「誰だよ。新聞の勧誘か？」

「分かりませんけど……。ぼく出ましょうか」

真白は立ち上がろうとして、足が言うことを聞かず、前のめりに伏した。

「大丈夫か」

「は、痺れて……あ、触らないでくださいね」

「そう言われると逆に……」

「誰か来てるんですよ！」

珍しく声を荒げる真白は、かなり痺れている足がつらい。構わず出てください、と手振りで伝えると、面倒そうな顔をされる。

「御早さん！」

「はいはい」

ぼやきながら立ち上がり、玄関のほうに向かっていく後ろ姿を見送る。

役に立てる好機だったのに、まさか足が痺れて使い物にならないとは、と悔いながらも、ここに来てはじめての来客に首を傾げた。御早の予想している通り、勧誘なのだろうか。

新聞どうですか、と訪ねてくる人物像がむくむくと膨れていく。女性？　それとも男性だろうか。どちらにしても、御早は綺麗だから惚れられてしまうのでは……。嫌がる御早に、迫ってくるのでは。

「や、やっぱり置いて行かないでください……っ」

声はもう届かない。もはや痺れが治まるのを悠長に待っている場合ではなかった。無理に動かしてびりびりと走る痺れに悲鳴さえ上げそうになりながら、廊下を這っていく。もしかしたら勧誘よりも危ない存在になっているかもしれない。

「来るなって言っただろ」

廊下を少し行くと、御早の声が聞こえてきた。何だか不穏な雰囲気に、匍匐前進を一時停止させる。真白に向けてではないと、そのあと続いた声ではっきりする。

「いいじゃないですか、たまたま近くを通ったんですよ。差し入れでもしようかと思って」

「いらん。持ち帰れ」

女の人の声に、鼓動が激しくなった。御早はその女性を拒んでいるようだが、女性のほうはそんなのどこ吹く風といった様子だ。艶やかな声。勝手に美人だと決めつけて、非常に焦る。新聞の勧誘なんかではない。確実に御早を目的に訪ねてきたのだ。

「……っ」

そこから動けなくなってしまう。どんな姿かも確認するのが怖い。真白が最初にここへ来た日にも女性が来ていたが、きっと別人だ。真白が知らないだけで、この家には女性がよく出入りするのだろうか。

「まあまあ、お茶の一杯もいれてくださいよ。お邪魔しまぁす」

「おいっ」

入ってくる。かつん、とヒールの音がして、廊下を歩く足音が二つ、聞こえてくる。御早を押し切って家の中にまで入ってくるとは、誰なのだろう。どういう関係なのだろう。考えるまでもない、とっさに思い浮かんだ考えに頭を振りたくなる。

いやだ。

いつの間にか痺れが治まっていたけど、動けないままでいた。いやしくも耳をそばだて、二人の会話を拾おうとしている。こちらに御早が来ない。置いて行かれてしまったのだ、ぽつりと過ぎったものに、情けなくも心が折れそうになった。

「お気に入りの子はどうしたんですか？」

「……帰れって」

「そんなに邪険にしないでくださいよ」

高くて、甘やかな声。御早の好みなのだろうか。帰れというのも、真白がいて都合が悪いだけで、今日が平日なら歓迎したんだろうか。

「………」

目の奥がつんと痛くなって、予感させる涙に悔しくなる。確かに、御早は真白のものではない。御早が誰と何をしようと、それを真白がどうこう言える立場ではないし、口を出すことさえもおこがましい。

でも。

でも、と唇を噛んであふれそうな熱い滴を堪える。

大人の、しかも女性に立ち向かうなんて、馬鹿げている。相手が御早の選んだ人であるなら、真白なんて邪魔でしかない。でも、と強く打ち消す。

腕を床に突っぱねて、起き上がる。半端にへたり込んだまま、目をぎゅっとつぶった。暗闇になるまで。それから一つの光を、御早に見立てて目を開ける。

「……挨拶を」

今の自分にできること。御早の甥として、客人に挨拶をすることだ。それしか、できない。会うのは怖いけど、このまま自室に逃げ帰って、ただひたすら隠れているよりかは、自分自身に勝てる気がする。相手に負けるという考えは、捨てなければいけない。そもそも勝負にもならない。真白は甥で、忘れ形見でしかないのだから。

今さら、落ち込んだりしない。

居間の戸の前に立ち、呼吸を整える。開ける。

「…………」

思ったよりも勢いがつき、中の状況が一瞬白んで見えた。それもすぐになくなり、御早と、驚いた顔を向ける女性が見えた。

「あらっ」

「こ、こんにちは」

綺麗に化粧をしている女性が、まるで近所のおばさんのように「まあ、まあ」と繰り返している。

「先生！　この子ですよね？」

「…………」

喜々とした声を上げる女性に、御早は口を曲げた。

「先生……？」

視線を御早に移し、まじまじと見る。先生。御早が。

……小説家！

合点がいき、脳内が急にすっきりとした。そばに行き膝をつくと、御早が申し訳なさそうな目を向けてくる。

「……悪い、きみが嫌がると思って断ったんだが」

「御早さん、」

「怒ったか」

「もしかして、一緒にお仕事されてる方ですか」

予想していたテンションと違って、喜色な真白に戸惑いながら、御早は頷いた。

「不本意だが」

「ちょっと先生！　敏腕編集つかまえて何言うんですか！」

「このうるさいのは……俺の担当編集者だ」

「……っ」

なんだ。なんだ、そうだったんだ。恋人ではなかった。霧がどんどん晴れて、晴天な気分に早変わりした。

女性はすっと名刺を差しだし、真白に向かって自己紹介をする。

「はじめまして。幸希社の峰伊琴子です。いつも先生にはお世話になっております」

「あ、倉津真白、です。えっと、叔父がいつも、どうも」

どう言えばいいかよく分からないまま、ぺこりとお辞儀をする。名刺をもらうなんて、はじめての経験であった。受け取って、じっと見下ろす。

「ええええかわいいいいぃいいい」

「うるさい」

「真白くんかわいいですね先生！」

「当たり前だろ。だから会わせたくなかったんだ。休日に来るなって言ったのに来るし、もう俺は嫌だ」

「いいじゃないですかぁ。頭堅いんだからもう。え、もう本気でかわい過ぎませんか！」

琴子がにじり寄ってくる様が恐ろしく、びくっと怯んだ。すぐに御早が背中で隠す。

「やめろ、変態」

「なんですかあ、かわいい子独り占めですかあ」

不満そうに唇を尖らせる琴子を、御早の陰からこっそりと観察する。

ぴしっとスーツを着こなしていて、まさに社会人といったふうだ。想像を裏切らず、美人。でも少し騒がしい。御早は苦手そうだ、と分析してほっとする自分に、少し嫌気が差す。胸の中だけに閉じこめた。

家の中が、いつもと違って賑やかになっていた。

そのことに戸惑いながらも、安堵が強かった。恋人ではなかったし、仕事関係の人とはこういう話し方をするのかと分かったこともある。他者が突然入り込んできた興奮が、にわかに胸を不安にさせるけど、悪いことばかりではないはずだ。

でも、視界が歪む。少し、気分が悪い気もする。頭が重い。不調かもしれないと意識すると、だんだんそれが現実味と実感を帯びていく。

服の端をぎゅっと掴んできた真白に、御早が気遣わしげな視線を向けると、琴子に向き直った。

「いい加減にしろ。こいつは人で酔うんだ」

御早がぴしゃりと言うと、喋りっぱなしだった琴子の口も動きもぴたりと止まった。真白の様子に気づき、慌てる。

「え、ご、ごめんね、うるさくして。大丈夫?」

「あと、香水くさい」

「それは先生の文句でしょ！」

やいのやいのしている二人が、遠くなってくる。御早はこんなに近くにいるはずなのに、置いて行かれてしまったみたいに寂しくて、どうしようもなくなる。

しゃがみ込むと、琴子が寄ってこようとするが、御早がそれを制した。

「もう、今日は帰れ。あ、土産は置いてけ。真白と一緒に食べるから」

もう騒ごうとせず、琴子は申し訳なさそうにしながら居間を、そしてこの家をあとにした。

「悪かったな、大丈夫か？」

「見送り、しなくていいんですか」

「そんなもの気にするな。それより、横になれ」

「……もう一回、縁側行きたいです」

真白の希望を、御早は断らなかった。少し気分が悪くなっただけで、自分の足で歩いて行けたが、御早におぶられてしまう。

「大人しくしてろ」

静かな声で言われ、暴れて降りようとするのを遮られた。

身を預け、高鳴る心臓の音を意識する。御早の背中に伝わっているであろうそれに、もう今さら焦っても仕方ないと、どこか冷静に思った。

「床、硬いだろ。布団持ってくる」

「いいです、大丈夫です。御早さんの、膝、がいい」

尻すぼみになってしまうのは、どうにもできなかった。さっき御早にしたときに、密かに自分もと憧れを抱かずにはいられなかった。

御早は黙って縁側に腰掛け、横たわっていた真白の身体を引き寄せた。頭を膝に乗せると、どこからか引っ張ってきた薄い毛布を真白に掛けてやる。肩まで引き上げ、ぽんぽんと軽く叩いて安心を与える。

「……すみません、ぼくのせいで、あの人を帰してしまって」

「いい。あっちには少しは気に病ませとけ。これで来る頻度も減ってくれて俺は助かる」

「……お仕事、あの人来なくて、大丈夫なんですか」

「いつも外で打ち合わせとかしてる。たまに平日、家に来るが。俺だって他人を入れるの、好きじゃないんだ」

ほう、と息を吐く。間違いなく安堵のそれだった。性根が悪いな、と思う。恋人じゃなくてほっとして、帰ってくれてほっとして。罪悪感は、それでも他人がこの家にいない安心感とはいい勝負だった。

もしも御早が呆れないなら、こんな自分でも仕方ないと甘やかしてしまいそうになる。本当はだめだけど、と言い聞かせながらも、安心を手放す気なんてないくせに。

「……おかあさんも、人酔いしたんですか」

「珍しいな、きみが姉さんの話をするの」

目を丸くしたのは一瞬で、すぐに穏やかな顔になった。

「そうだよ、姉さんもきみと同じで人酔いする。まあ、きみよりかはもっと弱かったかもな。街の人混みとか、満員電車とか、人の多い場所で人の思念に充てられたらしい。すぐに気分が悪くなって、遠出もできないと言っていた」

父親も母親も、免許を持っていなかった。だからどこへ出かけるのも、公共交通機関を利用していた。母は外へ出かけるのが好きだったけれど、父のほうは対照的に家で過ごすのを好んだらしい。それなのに、恋愛をして、結婚をしたのだ。そんなものがどうでも良くなってしまうくらい、好きだったのだろうか。その間に生まれたのが自分というのも、不思議な感じがする。

「学校に行くとき……人酔いしないかって、心配してくれましたよね。なんで知ってるんだろう、って思っていたんです」

「姉さんにそっくりだからな、きみは」

「…………」

「具体的にどこが、と聞かれても困るぜ。何となく、雰囲気とかだ」

「聞きませんよ……」

「あ、そう?」

「御早さんがぼくと母を重ねている時点で、似ているんだなと思います」

「親子だからな」

「似ていない親子だっている」

「身も蓋もねえな」

身じろぐと、御早の膝に頬を摺り寄せたみたいになる。安心するけど、もっと、そばに欲しいと求めてしまう。いつもの、朝のように抱きしめてもらいたい、と。

あれは、単に抱き枕の意味ではない。

それに薄々気づき始めていた。

真白はよく、夢でうなされる。どんな内容かも分からない夢の中で泣いて、目が覚めた現実でも涙を流している。

御早は、それをあやしていてくれたのだ。

ふと目が覚めて、寂しく、怖い思いをしないように。そばにいることで、真白を守っていたのだ。

「……御早さんの、ペンネーム知りたいです」

「元気になってきたな」

「本名じゃないですよね？」

無理に聞き出そうとして、膝から落とされるかも、と思ったけど、御早は気の進まなさそうなため息を吐いただけだった。

「本名じゃない」

「……あまりぼくに教えたくないんですね」

「変な誤解はするな。教えたくないのは本当だが、身内に仕事の話をしたくないタイプの人間なだけだ」

「分かりました。そういう御早さんも、いいですね」

ぼんやりとしたまま言えば、寝ぼけているのか、と疑わしそうな目を落とされる。

「御早さんのことを知りたいけど、嫌々教えられるのは嫌だ。御早さんが、ぼくに自分のことを教えたくてたまらない、ってなるくらいまで待ちます」

「……殊勝だねえ」

「ぼくが、すでにそうだからです。可能なら、思ってることすべて伝えたい」

御早が、真白について知っていることも知らないことも、自分の言葉で教えられたらいいと思う。難しい、いや不可能なことだろうが、これから長く共にいられれば、近いことは可能になるかもしれない。

眠気を自覚する。口が軽くなって、すらすらと声が言葉を紡ぐのは、物をあまり考えられなくなっている証拠だ。

「……簡単な気持ちさえも吐けないくせに、よく言う」

「なんですか?」

「何でもない。寝ろ、部屋まで連れて行くぞ」

「自分で行けます……」

「やっぱり寝ぼけてるな」

御早の呆れた声が、最後だった。真白はすうと眠りの世界に落ちていく。

次に目が覚めたとき、一番に浮かんだのは干したままの洗濯物だった。起き上がったのは自分の部屋で、一人で寝かされていた。時刻は午後三時。

布団から抜け出し、庭へと向かう。自分に任された仕事も遂行できないなんて、と情けなさを、それでも今は振り払いながら、走って滑らないように小走りで進む。

果たして庭には、もう何も干されていなかった。御早が取り込んでくれたのだ、とすぐに理解して、踵を返すと居間へ向かう。

戸を開けると、テーブルで作業をしていた御早が顔を上げた。

「すみません、洗濯、入れられなくて」

「開口一番それか」

と、笑われる。家事を放棄して寝こけていた人間に見せる笑みではない。土下座でもしたい勢いだったが、さすがに引かれそうで控えた。

「何かと、交換にしましょう。食事当番とか、と」

「いいよ、気にしなくて。別に分担もしなくて良かったし」

「……甘やかすから、だらしなくなるんですよ、ぼくは」

御早は立ったままの真白を手招いた。定位置につく前に台所に寄って、いれ直してきたお茶をテーブルに置いた真白に、おののくように仰け反ってみせる。

「そうか？　むしろ俺が甘やかされているぞ」

「どこがですか」

「俺が望むものを、きみはすぐくれる」

御早に褒められ、満更でもない顔になるのを抑えるのが難しい。顔を逸らして、自分の分に息を吹きかけるふりをして誤魔化した。

「きみは渋いな。たまには紅茶とかにするか」

俺に合わせているんだろう、と付け加えられ、確かに少し年寄りじみているか、と思わなくもない。煎茶も美味だが。

「紅茶ですか、いいですね。御早さんは苦手とかで飲まないんですか」

「いや、俺も紅茶は好きだよ。ただ、少しばかり面倒で」

「ぼくがいれれば問題ないですね」

「甘やかしているじゃないか」

「好きでやってるんです」

嬉しくて、つい頬が綻ぶ。御早は微かに目を見張り、さりげなく視線を逸らした。

「どうしました」

「いや、きみがどうした」

「は？」

「ますますかわいくなって、これ以上俺をどうしたいんだ」

何気ないふうに、そんなことを口にする御早は、真白から視線を逸らしたまま首筋を掻いた。

白い肌を爪で引っ掻き、赤い線を走らせる。

吸い込まれそうで、その場所に唇を当ててみたくて、そわそわしてしまう。

いつもその仕草に気を取られるが、今はそれよりも、御早の様子に注目したかった。

眼鏡の縁を指先で撫で、顔は明後日のほうを向いている。頬は、ほんのりと……。

「御早さん……もしかして」

「あ、峰伊から貰った土産を、お茶請けにしよう」

ぽん、と柏手を打つ様が、明らかに話を逸らしていた。真白の視線の追随を許さないとばかりに立ち上がり、台所へと消えてしまう。後ろ姿が見えなくなるまで見つめてから、手のひらで包んでいた湯呑みの水面に目を落とす。

煎茶は、どちらかといえば苦味が強い。真白の年齢で好んで飲むのは、一般的ではないのかもしれない。だが、これが紅茶に変わって、砂糖を注いだのなら。

まるで身体中の血液が砂糖みたく甘くなりそうだ、と思う。苦いお茶でも、真白の心は甘みで満たされているのだから。

休日が、終わる。

縁側で夜空を眺めていると、煙草を吸いに御早がやってきた。

「先客がいた」

「……すみません、ぼくがいると吸えないですよね」

「いや、いいよ。それより、湯冷めするぞ。これ羽織れ」

着ていた綿入れを肩に掛けられ、恐縮してしまう。慌てて断ろうとするけど、気にしたふうもなく、となりにどかっと腰を下ろされると、好意を無下にするようで憚られた。

「……御早さん、て」

綿入れに袖を通しながら、つぶやく。

「いつかするんですか、結婚」

「結婚？」

想定外だ、とでも言いたげな、思ったよりも大きな声で驚かれる。

「なんだ、急に」

「…………」

「考えたことないな。一生独りだと思ってたし」

「……そうなんですね」

「それはどういう表情だ？」

眉を寄せ、唇を真一文字に結んでいる。真白は、自分から話題を振ったくせに、だんまりを決め込んでしまう。御早は、煙草を吸いたいのだろう。そわそわと、ポケットに手が伸びたり引っ込んだりしている。

それに気づかないはずのない真白は、横目で確認すると、立ち上がった。

「すみません、変なこと聞いて」

「消化不良のまま行こうとするなよ」

「……だって、困るでしょう」

「分かっていながら聞いたのはきみだぜ」

「……口が滑ったんです。明日からまた学校だから、心の浮く話がしたかっただけです」

「へえ、結婚に夢を持っているクチだな」

急に恥ずかしくなって、綿入れを脱ごうとする。腕を引っ張ってまた座らせると、綿入れの袷を寄せ、脱げないようした。その行動を黙って見守ってから、視線を上げて御早を見た。

「吸いたいでしょう、もう行きます」

「逃げようとするなんて、らしくないな」

「…………」

「いいから、俺のそばにいろよ」

真白の頬に、御早の細い指が滑る。湯上がりの頬は、じんわりと熱い。

じっと見つめてくる御早の視線に耐え切れず、そっと目を逸らした。まばたきが極端に減ったことによって、泣くみたいに潤んでくる。つぶれば、一筋頬を伝っていくだろうが、視界の端の御早が何をするのか気になって、閉じられないまま滴が目の縁に溜まっていく。

おもむろに動いた手が眼鏡を外して、ぎょっとしてしまう。

「な、なんで外すんですか？」

「なんでって」

片手でつるを折り畳むと、脇に置いた。

「危ないですよ、そんなところに」

「次に壊れたら、修理は真白と行こうかなって」

「な、何を……」

自由になったもう片方の手で、真白の頬をすっぽりと包んでしまった。顔の位置を正面に直され、固定された。瞳と瞳がぱっちりと合う。

「近ければ、眼鏡がなくても見える」

「………」

　ぐっと距離を詰められ、たじろいで思わず身を引いた。その分だけ追いかけられれば、知らず胸は高揚していく。不意に、頬を包んでいた手が離れ、名残惜しそうに宙を数秒、彷徨ったのち下ろされる。

「逃げるのらしくないって言ったけど、今ならいいよ、逃げたって」

「ぼくが逃げると、思いますか」

「……思わない。けど、猶予を与えてるんだ。逃げられるだけの時間はないと」

「意味がないです」

「そう言うなよ。俺だって必死にいい大人を保とうとしてるんだ」

「ぼくを逃がすのがいい大人なら、御早さんには悪い大人でいてもらわないと困ります」

　きっぱりと言えば、箱から出していた一本の煙草を指先で弄りながら、困ったような微笑みをこぼされる。

「前途ある若者の未来を奪うのは、罪だよ」

　そこで、気づく。

御早にこんな顔をさせてしまう理由が、今になって一気に理解として広がる。逃がそうとするのは、真白を思ってのことだ。叔父としての、御早のやさしさで、思いやりだった。

年若い甥の道を外させせないようにと、御早はきっと気にしているのだ、と。いきなりでは、ないだろう。もっと前から御早の頭の中にあったに違いない。どう、伝えれば。

そんなこと気にしない、自分は御早と一緒にいたい。できれば、もっと心を寄り添い合えるような関係になっていきたい。

御早は、猶予を与えると言うけれど、きっと本心は真白を逃がしたいのだろう。自分のそばに置いておくのは、腕の中に閉じ込めておくのは、罪なのだと思っているから。執着が届かぬところまで逃げて欲しい、と。もちろん同居は継続されるだろうが、深い、心の通わせをすることは、きっとなくなってしまう。ただの叔父と甥になる。ただの、忘れ形見となる。

「逃げません」

納得しないだろう、とは思いつつも否定せずにはいられない。本音を隠すなと言ったのは、御早だから。それを御早自身も分かっているはずだが、比例している想いを抱えているからこそ、手を放そうとしている。真白も、言いたいことは理解している つもりだった。

決して、嫌いになったからとか、そんな単純なことではないと、御早の目が、指先が、一挙手一投足が、言っている。本当は、御早の心だって真白を求めているはずだった。

でも、感情的になれば面倒がられるだろう。

ものぐさな一面も持ち合わせている御早にとって、他からもらう執着は、心地よいばかりではないだろうから。真白だから、甥だからといって、寛容ではないだろうと思った。

「…………」

だから口を噤むしかない。本当は泣いて縋ってでも、手を離して欲しくないと身勝手なわがままを言葉にして伝えたかったけど、それでは余計に御早は遠ざかってしまうだろうから。

「……ぼくは、お世話になっている身です。同じ子供でも、聞き分けのいい子供にならなければ、いけませんね」

御早は、顔を逸らした。お互いの心は磁石のように近づきたがっているのに、それでも無理やりに剥がすのもまた想い合う心であった。連動させなければと躍起になるように、立ち上がった真白は脱いだ綿入れを御早の肩に掛けた。

息が苦しい。死んでしまうかもしれない。

廊下を歩いて、自室へ向かう。涙があふれて、止まらなくなる。

部屋に着くまで我慢しようとして、失敗してしまう。だから半ば滴を瞳からあふれさせ、駆け出す。もう滑って転んだって構わないから、とにかく一人になって、熱いものを吐き出したい。冷めた心から出るのが熱いものだなんて不思議だ、笑おうとしてできなくて、顔が歪む。

自室の戸を閉め、膝から崩れた。敷いてあった布団に逃げ込んで、声を殺すこともせずに吐き出す。吐き出して、吐き出す。過呼吸になって、苦しい。このまま、死んでしまえば、こんなに苦しまないのだろうか。御早が心を寄せてくれないなら、生きていたって意味があるだろうか。御早はまだ、真白が生きていて良かったと言ってくれるだろうか。

嫌だ、嫌だ、幼子が駄々をこねるように、ぎゅっと握りつぶされるような心臓を押さえ、意識を手放したかった。でも眠っても、起きたら状況が変わっているわけじゃない。

御早は、もう叔父としてでしか真白に接してくれない。真白もまた、甥としての振る舞いしか許されない。どんな感情を抱えていたって、それを表に出すことは、御早の罪に繋がってしまうのだ。

朝になった。布団を被っているはずなのに、寒くて仕方ない。毛布を手繰り寄せ、自分の体温から熱を派生させようとするけれど、上手くいかない。つま先も指先も冷えて、心もどんどん冷えていって、そのうち肉体も死んでしまえば楽かもしれないのに。

のそりと起き上がり、一人の布団から抜け出すと、学校へ行く支度をのろのろと始めた。

御早の顔も見ずに、いってきます、も言わずに家を出て、歩いていく。

駅のトイレでタオルを濡らし、ベンチに座って目を冷やす。鏡で見た顔は、ひどいものだった。まだ早い時間は、電車に乗る人があふれるほどでもなく、余裕で席に座り、車窓から流れる景色をゆっくりと見ながら時間が過ぎていった。

学校に着いても教室に向かわず、保健室へと直行する。具合が悪くて、と保健教諭に言えば無理に登校しなくて良かったのに、と顔色の悪さで仮病も疑われなかった。

親御さんに連絡するかと問われ、少し休ませてもらえば大丈夫だと伝え、ベッドの使用許可をもらう。

胸が痛くて、息が苦しい。昨夜から変わらない。

御早は、どうしているだろう。仕事を淡々とこなしているだろうか。平日だから、もしかして琴子が訪ねて来ているかもしれない。嫉妬する心が少しも薄れていなかった。

叔父にこんな感情は、おかしい。

おかしかった。

そうか、こう振る舞うのが、ふつうだった。

だって、相手は母親の弟で、真白の叔父で、真白は甥で、心をそういうふうに重ね合わせることが異常だった。きっと、そうだ。じゃあ、二人はふつうになるだけだ。

叔父の御早は、罪の意識から姉の忘れ形見を大事にしようと、真白を引き取った。一緒に暮らす。それだけだった、のだ。本当は。

心が、御早で塗り潰される。他のものが何もないように、ただひたすら御早だけを想う。もう、無駄なのに。

何は、盲目だったか。これは、盲目状態なのか。それも終わりにしなければいけなかった。

　自分とは、つくづく何もない人間であった。両親に愛されたことだけしか持っていない、その愛に飢えて、飢えて、しまいには血の繋がった、しかも同性である叔父にそれを求めてしまうなんて。他人から見れば反吐の一つも出そうだ。

　馬鹿なことをしたのだ。

　しばらく時間が経ち、本鈴が聞こえてくる。授業が始まる。ぼんやりと思いながら寝返りを打つと、保健室の扉がかなり乱暴な音を立てて開かれた。

「ちょっと、静かに！　寝てる子いるのよ」

「先生、倉津がいるでしょ!?」

　咎める保健教諭の声を無視して、そう言った声は、幸村王流のものだった。だが真白の心は時間を止めたように動かなくて、ぼうっと横たわったままだった。

「いるけど、ちょっと、だめよ、休んでるんだから」

「心配で来たんですよ！　お見舞いです！」

「って、君は授業に出ないと……」

「じゃあおれも具合悪くて」

「いい加減に……あ、待ちなさい！」

声と足音が近づき、カーテンが開けられる。電灯の光が、ベッドに差し込んだ。眩しさに、布団を被って逃れた。

何故、王流が保健室に来たのか謎のまま、授業に戻れないなら帰るよう言われた。保護者に連絡するのを必死で止めて、気をつけて帰るからと説得し、校門を出た。放課後まで、どこで時間を潰そう。そもそも、帰っていいんだろうか。迷いながらふらふらと歩いていると、車が近くに横付けされた。窓から顔を出したのは、琴子だった。

「真白くんじゃない！　どうしたの、早退するの？」

「……峰伊さん、昨日は、すみません」

「や、こちらこそごめんなさい、押し掛けてしまって」

ぼうっとしている真白を気にしながらも、申し訳なさそうに詫びてくる。真白はまばたきを繰り返し、会釈すると立ち去ろうとした。

「あ、送りましょうか？」

「結構です」

「具合、悪そうよ。途中で倒れたら大変」

「……身体は、何ともないんです」

琴子は思案顔になり、その隙に真白は車から離れて行こうとする。それに慌てて、車から降りてきた琴子はその細い腕を掴んで引き留めた。

「危ないから、送るわ。さ、乗って」

真白の抗議を無視して、車に押し込んでしまう。立派な拉致になるが、見咎める人間も周りにいなかった。自暴自棄になっている真白も、抵抗が面倒になってくる。いっそ海にでも行って落として欲しいと思った。

家に連れ戻されても、御早にどんな顔を向ければいいか分からない。

車を発進させながら、琴子はちらりと助手席に乗せた真白を窺う。

「学校で何かあったの？」

「いえ」

「じゃあ先生？」

「…………」

「えっと、送り先は先生のお宅でいいんだよ、ね？」

「……海に、行ってくれませんか」

「海？」

素っ頓狂な声を上げてから、前を向く。車が少ない、空いている車道を走りながら小さく唸ったかと思えば、急に明るい声を出す。

「分かった。海、行こうか」


波の打ち寄せる音と潮の匂い、肌寒さに、海だと実感する。砂浜に足を踏み入れ、ただ歩いていく。

琴子は真白から目を離さないようにしながら、潮風でなびく髪を押さえた。黙ったまま、ただ打ち寄せる波の音が耳に大きく響く。

「……あの、ここに置いて行ってくれませんか。ぼく、もう戻りませんので」

「だめよ。そんなことしないわ」

「峰伊さん」

「やっぱり先生と何かあったんでしょ？　それで戻りたくないの？」

「……御早さんは、何も」

「線でも引かれた？」

びくっとして、後ろを歩いていた琴子に振り返る。大きな反応を返した真白に満足するように、悲しむように、琴子は笑んだ。やっぱり、とでも言いたげな顔。

「珍しく先生も悩んでるみたいだったけど、真白くんのことだったのね」

「……………」

「もう、新作で悩めっつうのよ」

風がびゅう、と鳴る。寒いね、と琴子がつぶやいた。

「ねえ、どこかでお茶しない？」

おしゃれなカフェに入り、琴子はキャラメルマキアートを注文。真白がお水を、と言ったらほうじ茶ラテを頼まれた。

「これからいなくなる人間に、こんなことしてくれなくて結構です」

「なぁに？　いなくなるって。真白くんがいなくなったら先生が泣いちゃうからやめてあげて」

とぼけたふうに言いながら、カップを傾ける。飲み口に付いた口紅を親指で拭ってから身を乗り出し、おっと、と思い出したように身を引く。

「人近いとだめなんだよね。あ、こういうカフェ平気？　今お客さん少なめだけど」

カップに手を当てていた真白は、心ここにあらずといったふうで、琴子のほうもあまり見ようとしない。気分はもはや最後の晩餐で、カップに入っているほうじ茶ラテの水面を眺めた。

「元気ないわね」

そんな姿をまじまじと見てから、今さら改まったように感想をもらす。琴子の声は耳に届いているし、言葉も聞こえている。でも反応することも億劫で、黙ってしまう。

別段そんな無言も沈黙も気にならないのか、琴子は窓の外を眺め、キャラメルマキアートを味わっている。厳密には店内にはジャズのBGMが流れていて、完全な沈黙とはほど遠い。そのリズムに合わせるように、琴子の細くて白い指先がテーブルをこつこつする。動くものに目が行き、ピンクのマニキュアが塗られた爪をぼんやりと眺めた。

「……私はね、けっこう冷たい人間だから、いなくなりたいって言う人は、そうすれば、って思っちゃうのね」

まるで独り言めいている。真白に向けられているようで、向けられていない。自分の考えを、ぽろっと吐露してしまったといった感じだ。

ぼんやりと、真白も同意する。だから自分が消えることも、自然だと思う。目の前にいる琴子もそういった考えならば、何故見捨てないのだろう、と疑問に感じた。

実際問題、見捨てたら罪になるから？

罪。

罪を負うのを、人は嫌がる。罰せられるから？　罪悪感に負けそうになるから？

「見逃してくれませんか」

「……死にたがりねぇ」

単語の重さとは対照的に、琴子は反抗期の子供を見るようにあたたかな眼差しを向けた。

生きていればいいこともあるよと説得するわけでもなく、命を粗末にするなと怒るわけでもなく。背中を押しこそしないものの、真白の考えを否定しない。

「先生は逆に人情派というか、熱い人よね」

「…………」

「そんな人もいるのよ。バランス取れてるよねぇ」

「何が、言いたいんですか」

「かわいい真白くんとまさか同族なんて思わなかった」

「同族……」

「死にたがり同盟作っちゃう？」

「……峰伊さんが、どうして死にたいんですか。そんなにきらきらして、器用そうで、御早さんの担当で。人生楽しいんじゃないですか」

「ちっちっち」

人差し指を左右に振って、時計の真似事をする。このジェスチャーは真白にとって身近ではなく、そう捉えられてしまう。ジェネレーションギャップが今ここで発生していたが、お互いに気づかない上に、重要ではなかった。

「人を見た目で判断しちゃだめよ、真白くん。いくら私がかなり充実しているからって」

「はあ……」

「私のは、病気というほどのものではないけど、定期的にあってね。こんな重い話、数少ない友人にしかできないわ。もちろん先生には言っていない。あの人って陰気な性格してそうなくせして、光属性よね」

目を伏せ、唇を尖らせる様子は、どうやら不満を訴えているようだ。作家なら陰であれよ、と偏見も口にする。

「………」

確かに、あの人は光っているな、と思う。人に希望を与えられる存在だ。自ら喜んで与えてはいないかもしれないが、結果的には人を幸福にできてしまう人間。

「だから、御早さんはぼくにやさしいんですね」

「んむ?」

「もちろん、甥だからっていうのが一番でしょうけど、困っている人間を放っておけないんです。ぼくの身寄りがないから、引き取ってくれたんです。……それなのに、ぼくは甘えて、何か勘違いをしていた」

「先生が同情で真白くんを引き取ったって思ってるんだ」

認めなくてはいけないことだと、目を伏せて頷いた。

「いいえ。それは違うわ」

きっぱりとした否定の言葉に、はっとして顔を上げる。当然同意されるものと思っていて、想定外のことに驚いてしまう。

琴子という人間は、今日少しだけ話してみて、誤魔化しや上辺だけの肯定や否定をしない人だと感じていた。だから、御早がやさしさ故で引き取ってくれたことに、首を縦に振ると思っていた。

「先生と真白くんのこと、どうこう言えるほど知らないけどね。先生がいくらやさしくても、それだけで子供を一人引き取る度量には足りないわよ。面倒や手間が増えるだけじゃない、人と一緒に住むのって大変なのに」

「……それは、ぼくが忘れ形見だからです。ぼくの母を大事にできなかったって、その罪滅ぼしなんです」

「うん、それも聞いたけど。施設に行く話だってあったんでしょう?」

「踏み込んできますね」

「他人事じゃないからね」

「……峰伊さんって、御早さんのこと」

「ああ、違うわ。大事な仕事のパートナーとは思っているけど、真白くんが言うようなものじゃないわ。他人事じゃないっていうのは、私が作家と上辺だけでつきあいたくないってだけよ」

はきはきと喋る様は、初対面の甘やかな声や、明るいだけだった印象を覆した。並の人よりも、きっと自分の意志をはっきりと言える人なのだ。うるさい、と評していた御早も、きっと彼女のそういうところは認めていて、好んでいるに違いない。でなければ、とっくに担当を代える申請でもして、別の人間になっていただろう、と推測できる。

御早のやさしさは、誰彼構わずではない。少なからず自分の領域内にいる、限られた人間だけだ。御早の口先だけで物事を判断するのは、早計でしかない。

「でも、先生のことは人として好きよ。作品はもっと好き！　先生は私が尊敬すべき人で、支える人で、なくてはならない存在。そんな人の大事な子を失わせるのは、やっぱり気が引けるわ」

「だから、それは……」

「くどいわよ、真白くん。私から見ても丸わかりなのだから、君だって気づいているでしょう。ただの忘れ形見なもんですか」

「……ただの忘れ形見ですよ」

「真白くん」

「いいんです、それで。御早さんが、ぼくを想ってくれているのは、分かっています。でも、甥としてでないと、もうそばにいられないんです。御早さんは……ぼくを、気にしてくれるけど、本当はぼくのほうが、御早さんの立場を危ぶむべきだったんです」

「血が繋がってるから？　同性だから？」

躊躇しそうな疑問も、琴子からはひょいひょいと飛び出てくる。無神経なわけでなく、本気で向き合おうとしてくれているからだ。だからといって、折れていい理由にはならない。

「年も離れている。そして攻撃されてしまうのは、きっとぼくよりも御早さんのほうだ」

「……きついのは、解るわ。世間の目が厳しいってことも。お互いの気持ちだけじゃどうしようもないことだってあるのも、知っているわ」

大人であるから、琴子は解っているし、真白を後押しすることは茨の道に進めと言っているようなものだ。

所詮琴子には、真白の気持ちも、御早の気持ちも、実際に起きる現実も、解らない。

それは二人に限ったことではない。誰だって、他の誰かを完璧に解ろうなんて自信過剰もいいとこだ。でも、と続けられるのを、真白は黙って聞く。

「綺麗事を言ってるだけじゃないって、分かって欲しいの。大変よ、つらいわよ、でも、だからって好き合ってる者同士が離れるなんて、結構重い罪になると思わない？心が殺されるのよ」

「…………」

「寂しくて死んじゃったら、離した人が殺人者になるようなものだと思わない？」

「物騒……」

少しだけ笑ってしまう。そこまで大げさにしなくても、と思いながらも、確かに制御不能な感情があることは知っている。どんなにコントロールを試みても、無理なこと。

どれだけ泣いても、苦しみが晴れないこと。

「つらいでしょう、今、真白くんの心が。会いたくて仕方ないいんじゃない、先生に」

「……っ」

「私にできる支えなら何だってするわ。真白くんだけに、先生だけに背負わせない。死ぬときは、道連れよ」

キャラメルマキアートが冷めてしまうのにも構わず、琴子は自分の感情を剥き出しにする。大人でも、爆発させることがあるのか。爆発せざるを得ないことが、あるのか。

「……いちいち物騒ですよ」

笑いがこみ上げてきて、喉の奥と肩が震える。

真白の笑い顔をしばらくぽかんと眺めたあと、琴子は急に席を立った。

「かわいい！　真白くんかわいい！　本当に私と死にたがり同盟組まない？」

両手を握られ、顔が寄せられる。外の空気と混じっていた、結構濃いめの香水の匂いに頭がくらっとしてしまう。

「峰伊さん、あの……」

控えめに何とか、手を解いて離れようとするが叶わず、参りきっていたとき、腰に何かが絡んできた。

何を思う間もなく、真白の身体は宙に浮いていた。

いや、御早によって担ぎ上げられていた。

「……えっ」

理解が追いつかない。突然の浮遊感と御早の登場に、頭が正常に働かない。

真白の手が離れていってしまったことを残念そうにしながら、琴子が御早をじとっとした目で見る。

「遅いですよ、先生。本当に同盟組むところでした」

「怪しい同盟を大事な甥に組ませんな」

「死にたがり同盟？」

「一人でやってろ」

「頑固親父」

「あんたより年下だ、俺は」

そう吐き捨てると、御早が踵を返す。肩に担がれていた真白は、にこやかに手を振っている琴子から最後まで目を逸らさず、叔父に連行されていった。

琴子がこの場所を御早に教えたのだと、遅蒔きながら気づいたとき、店の外に停められていたタクシーがドアを開けた。真白を押し込み、御早も続いて後部座席に乗る。車体が少し軋む振動にも、真白はまだ呆然としたままだった。

「出して」御早が短く言うと、タクシーの自動ドアが閉まり、緩やかに発進した。

ぱか、と開けていた口の渇きを自覚した。テーブルの水を含んでくれば良かった、と少しずれた後悔をしながら、進んでいくタクシーの窓から吹く風と振動に揺られる。

琴子の自家用車とタクシー。一日に二度も車に乗ることがあるとは、と思いながら、タクシーの運転手の少し荒い運転を振動で感じる。車酔いはしたことがないが、それは乗った回数が少なく、経験がないだけで未知数だった。

「…………」

怖くて、隣が見られない。かと言って窓の外に顔を向けるという生意気な真似もできず、不自然にただ前だけを見つめていた。前の座席の背中につけられたモニターが、昼のニュースを映している。

「真白」

呼ばれて、びくっと肩が跳ねる。御早がどんな表情をしているか分からない。でも、きっと怒っている。呼ばれた名前は振動にかき消され、声音も分からない。

早退の上にサボり。不良になろうと打診した頃もあったが、その悪事が発覚するとただひたすら恐ろしいものだった。平手を食らっても、文句を言うつもりはなかった。

びくびくと震える肩に手を置かれたと思うと、ぐっと引かれて唇が合わさった。

やわらかいものが触れた感触と、レンズ越しに映る黒曜石のような瞳。

驚き過ぎて何も言えず、何もできず、硬直した。

そっと離れると、息継ぎを挟んでまた重なる。

「…………っ」

ようやく、キスをされていると理解すると、身体がかっと熱くなった。泣きそうになる。

これがどんな意味のものかも分からないまま、歓喜している心も身体も震えた。

「……」

唇が離れ、頭がとろけそうになっていると、がたん、と車体が大きく揺れて御早の腕の中に倒れ込む。

息が上がって、肩も上下する。御早は黙って、真白を腕の中に収めたまま、背もたれに体重を預けた。

「……怒って、ますか」

声が、震える。熱に浮かされて、心臓がはちきれそうで。震源地になった自分の身体は、太鼓祭りが行われているみたいに騒がしく、まばたきの度に瞼の裏が赤い。

「お仕置きですか、これは」

「……きみが嫌がることなら、お仕置きになるかもな」

「タクシー、ですよ、ここ」

「……そうだな」

ぶっきらぼうな声が返ってきた。心臓の音は、自分のも御早のも、車の振動で分からなくなっている。

「なんで、……なんでですか」

「何が」

「御早さんが、ぼくを手放すって、言ったんですよ。聞き分けよくしないとって、我慢、して」

「手放すなんて言ってない」

そこに重い石を据えるように、はっきりとした声。

「前途ある若者の未来を奪うのは、罪だ。そう言った」

「……だから、」

「笑えよ、覚悟のできなかった腰抜けだって」

「…………」

「遅かったなら、遅いって言えよ、」

「御早さん、どういう……」

腕の中に埋もれていた顔を、上げようとした。ぐっと腕に力が入って、より密着する。

「きみ、鈍感なふりが上手いな」

視界の端で、御早が微笑んだ気配がした。

言葉が見つからないまま、動けないまま、タクシーは家に到着した。


すとん、と地に足が着くと、ぐらりと視界が歪んだ。やっぱり酔ったらしい。滅多に車に乗らない真白でも運転が荒いと分かるのだから、当たり前だった。

「下手なの捕まえちまった」

支払いをして外に出てきた御早が、走り去るタクシーを見送りながら舌を出した。

「峰伊に変なことされなかったか」

「……変なこと、」

とぼけてみせると、苦い顔をされた。

「冗談です、何もされてません。分かってるくせに」

「……じゃないと困る」

後半は聞き流された。

居間に腰を下ろし、長い息を吐く。しばらく無言のまま休んでから、お茶をいれるべく台所に立った。

「紅茶あるから、いれて」

居間から御早の声が注文してくる。台所を見ると、すぐ分かる場所に紅茶のティーバッグと、角砂糖が入った瓶が置いてあった。了承し、準備を始める。

「……きみ、俺と一緒にいるのつらいだろう」

聞こえなかったらそれでいい、というような音量の声が微かに届いたが、真白は何も言わない。ぽつり、ぽつりと言葉が続けられるのを、カップの中を琥珀色が満たしていく様を見ながら、聞いている。

「それなのに身勝手に、連れ戻して。怒られるなら、俺のほうだ」

スプーンでくるくるかき混ぜると、紅茶はできあがった。いい香りと湯気を立てている。

「どうしたら、きみはつらくない。苦しくないんだ」

どうして直接問わないのだ、と焦れったい気持ちになる。御早は肝心なことを、真白に言ってくれない。

「我慢するのが、つらいと思った。俺は辛抱強い人間じゃないから。でもきみがいなくなったほうが、俺には耐えられなかった。触れられなくても、いないほうがつらい」

真白がカップを二つ持ち、踵を返すと、御早の懺悔はぷつりと途絶えた。

「紅茶、はいりました。甘いですよ」

「……ん」

「キスはしてくるのに、面と向かって気持ちは言えないんですね」

「真白」

「御早さんと一緒にいたいです、ぼく。ぼくも、御早さんと同じで、我慢するのはつらいと思いました。気持ちを殺すことは、ぼくには難しいと。でも、一緒にいられないと、何もかもままならないんです。そばにいないと、意味がないんです、だめなんです」

　矢継ぎ早に言うのに、圧倒される。御早は嚥下し、目を泳がせた。

「照れてるんですか」

「……照れるだろ。きみは殺し文句も上手い」

「ぼくのこと、褒め過ぎですよ」

「何でも魅力になるんだよ」

「……ぼく、御早さんが納得するまで待てます。だから」

　手を離さないで欲しい。

「朝……あなたがいてくれないと、寒くて、仕方ない」

「…………」

「もう、一緒に寝てくれないんですか」

「おい、やめろ。俺に我慢させる気あるのか」

「あるように、見えますか」

　悪戯が成功したような顔をする真白に、御早は絶句する。居間の隅のほうに、後ずさった。

「……何てことだ。俺の甥は小悪魔だった」

「なんですか」

「……かわいいと言ったんだよ」

中学三年生に進級したかと思えば、すぐに卒業を迎えた。

二年生の途中から受験勉強で忙しく、休日でも部屋にこもって机に向かう時間が増えた。

それでも食事をゆっくりとれるくらいには、真白は優秀であった。

御早は常に居間で仕事をしており、息抜きに部屋を出れば、一緒にホットミルクを飲んだりして適度に力を抜くこともできた。夜は早めに就寝し、朝は早めに起きて勉強するリズムを身につける。

抱きついて眠っている御早から離れなければいけないのが唯一無念で、それでもそれを振り切って頑張ったからこそ、本命の高校に合格できたのだろう。

「真白くんおめでとう！」

あのおしゃれなカフェにて、真白の合格と卒業祝いが行われた。祝いの品は、パンケーキの盛り合わせ。ほぼ琴子が一人で食べていた。細い身体で、パンケーキをどんどんと食べていく様に、御早と顔を見合わせて少し笑った。

「いやあ、真白くんが高校生！　感慨深いですね、あんなに小さくてかわいかったのが、おっきくかっこよくなっちゃって」

「何を言ってるんだ？　真白は今でも世界一かわいいだろうが」

「御早さん、やめてください。恥ずかしいです」

ふんぞり返っている御早に、横の真白は羞恥から俯いてしまう。そんな様子を、琴子は楽しげに見つめていた。いつか二人ののろけ話を聞き過ぎて、その甘さにあてられ、やさぐれる日が来るかもしれないが、とりあえず今はこの光景を見ることができて幸せだった。

「それにしても峰伊は本当に近所のおばちゃんだな」

「え、ひどいです！　キューピットに向かってそんな……」

泣き真似をする琴子を、誰も本気にしない。キューピットって何だ、と思いつつ御早はコーヒーを啜り、真白も困ったように苦笑を漏らすだけだ。だがめげない琴子は切り替えが早い。

「でも、あっという間よね！　本当に！　三年後はもう大学生なのよ」

脳内にすでに大学生になった真白が手を振っているんだろうか、うっとりと天を仰ぐ。

「はあ……まだ中学卒業したばかりですけどね」

「峰伊はおばちゃんだから気が早いんだ」

「ちょっと先生！」

琴子と御早のやり取りを、穏やかな気持ちで見ていられる。くす、と笑みさえこぼれた。

ジャズが頭上で流れているのが、よく聴こえる。見上げれば、シャンデリアのような豪華な電灯がぶら下がっていた。前に来たときは、こんなにゆっくりこの場を眺めることもなかったのだな、と思い知る。

「そういえば真白くん、ネクタイどうしたの？」

制服で祝いの席に参加していた真白だが、琴子に指摘され、首元を見る。

「ああ、あげました」

「あげた？」

「同じクラスの、牧って女子が欲しいと言ってきたので」

「え……いいんですか？」

御早のほうに目を向け、琴子が聞く。

「何がだ」

「その子、真白くんのこと好きじゃないですか。ライバルじゃないですか」

ふん、と御早が鼻で笑った。そこに言いたいことがすべて凝縮されているようだった。

「御早さんて、峰伊さんの前だと態度悪いですよね」

「え、逆に真白くんだけだとお行儀いいの？」

ちらり、と真白が御早を見る。少し拗ねたような目で見返され、頬が緩んでしまう。

「お行儀がいいというか……悪戯は、するんですけど」

瞬間、御早の手によって、真白の口が塞がれた。むぐ、と言葉を飲み込まされる。

「何でも馬鹿正直に言わんでよろしい」

「ふみまふぇん」

「………」

牧は、はじめて声をかけてきたクラスメイトだ。数学のノートを教師に頼まれて回収しにきた。さっとノートを出せなかった真白に苛立ち、てっきり嫌われていると思っていたが、卒業式が終わってから話しかけてきて、驚いた。怒っているような表情のまま、また端的に「ネクタイくれない?」と聞いてきたのだ。

別にあげるのは構わなかったが、その行為にどういった意味が、もしくは何かしらの意味があっただろうかと逡巡していると、彼女は自分のつま先を見つめて言った。

『返事欲しいとか、つきあって欲しいとか、そういうのじゃないから。ただ、記念に欲しいだけ』

と言われて、真白が手渡したネクタイを胸に抱くと、小さく礼を言って去っていったのだ。

停止していた琴子は、真白がトイレに立ったタイミングで、御早に厳しい目を向けながら声を潜めた。

「ちょっと先生!　何ですか悪戯って!」

「ああ?」

「ほんとあなたは私に対して態度が悪いし大きい!　いいえ、今はそんなことよりも」

「真白が戻ったら帰るから、送ってけ」

「もおおおお」

高校へ入学するのは、転入するよりも楽だった。

誰もがまだ、この地に馴染めていない宇宙人だから。いや、もうそろそろただの人間に戻ってもいいだろう。

制服は、中学ではブレザーだったのが、高校では学ランになった。着慣れない制服は、黒々としていて鴉を彷彿とさせる。中学生の学ラン姿よりも強そうだ、とまだレベルの低いことを考えてしまう。

御早は制服姿を写真に収めようと、スマホを向けてくる。連写された。いやいや。

「あの、撮らないでください」

「事務所は俺だからいいの」

「えっと……」

意味が分からないことを言いながら、スマホも連写の音を止めない。そろそろカメラ越しに見られるのも飽きてくる。御早の眼鏡のレンズも通しているから、二重のレンズ越しにしか御早には映っていないのだ。

しかも、真白からも御早の顔が翳されたスマホで見えないのだ。

「御早さんも、親ばかだって人のこと言えませんよね」

「否定はしない」

「してくださいよ……」

一通り終えると、御早はようやくスマホを仕舞ってくれた。やれやれ、と少しだけ呆れてしまう。御早の眼鏡のレンズ越しだけになって、安心もする。

御早が眼鏡を掛けているのは、いい。とてもいい。

掛けていない裸眼のときも、かっこいい。どうしようもない、外見だけでは計れなかった。胸が苦しくて、ため息が漏れる。

「はあ……」

「どうした」

「いいなぁ、と思って」

「何が」

「…………」

言い淀む。口を噤み、何事もなかったかのように、部屋へと向かった。制服を脱ぎに行こうとしているのだが、さっきの話が気になるのか珍しくついてくる。

「脱ぐの？」

「はい。着てたって仕方ないし。しわになるでしょう、しかも疲れるし」

転校して新しい制服のときも思ったが、かちかちしていて肩が凝るのだ。用がないなら私服を着ていたい。

御早はこれから一服に向かうのか、手にした一本の煙草を指先でいじっている。先端をぼうっと眺めながら、ぽつりとつぶやく。

「脱がせようか？」

「園児じゃないんですよ」

「もう子供扱いしてねえよ」

さりげなくそんなことを口にされ、上着を脱ごうとしていた手が止まる。煙草を何故か箱に戻してから、戸に寄りかかって腕組みしている御早をまじまじと見つめた。

「どういう意味、ですか」

「まあ、子供扱いなんて、俺ははじめからしてない。ただ子供だ、という事実を知っていただけで」

「……難しいです」

顔を真っ赤にしたまま言っても、説得力がなかった。

難しい、と口では言いつつも伝わってくるニュアンスが何だか色を含んでいる気がする。だからすんなりといかない。

知るのが怖いのは、まだ子供だからだろうか。それとも、大人になっても、好いた相手とのこういったやり取りには付き物なんだろうか。

「……まあ、いいけど」

「あ、」

背中を向け、部屋を出ていこうとするのを、つい引き留めてしまう。何かを言おうとして、とっさにさっきのことを思い出して口を開く。

「御早さんが、いいなぁ、って思ったんです」

「…………」

「魅力的だな、って……」

さすがに恥ずかしいことを言っている自覚はある。でも御早が寂しそうな顔をするから、唐突に気持ちを言いたくなってしまったのだ。でも、御早はこれくらいでは満足しないだろうと思って、上目で様子を窺う。

「…………」

停止していた。何事かを黙々と思考しているかのような様子に、真白も止まってそれが終わるのを待ってしまう。やがて固定されていた視線が真白に、周りにと交互に向けられ、ゆっくりとした動作で眼鏡の縁を指先で撫でた。

「……あ、そう」

精一杯そっけなくしようとして、失敗したみたいな、笑いを殺し切れていない声でつぶやくと、逃げるように去っていく。珍しく足音が荒い。ぽかんと見送ってから、あの人って案外、直球に弱いよなぁと発見した弱点に細く笑んでしまう。

これが御早のいう、小悪魔的要素なのかもしれない。大いに利用して、もっと御早を動揺させたいと思うのだから。

桜が舞う中、始まった高校生活は何事もなく過ぎていく。一年半は、学校が終わればすぐに直帰する。部活動に強制的に入らなければいけないという規則もなく、助かった。

友人づきあいも、あまりなかった。いや、中学よりかは同じクラスの男子と話すことが増えたかもしれない。

幸村王流のような騒がしいタイプも同じ学校にいたが、真白を高嶺の花扱いして敬遠していたし、王流自体は別の学校に行ったしで、けっこう快適な学校生活だった。

高嶺の花、という理由は引っかかるが、自ら平穏を壊しにいくこともなかった。

真白にとっては琴子が言うほど、あっという間ではなかった。でも、過ぎてしまえば、自分で思っていたよりも充実した時間を過ごせたんじゃないか、と思えるくらいには平和だったのだ。

二年生からまた徐々に受験の話が始まり、受験勉強の日々がまたやってくる。受験の期間とは、勉強をするというよりも御早を断つ期間のようだった。勉強が大変よりも、御早が足りなくて大変だった。

「もっと構ってもらったら？」

「自分で制限してるんです。そんなことできません」

「私と会うのは甘やかしにならないのね」

「だって、峰伊さん勉強教えるの上手くて……」

「真白くんかわいいなあ！」

中学卒業と同時に『かわいい』から『かっこいい』に格上げされたはずだが、いつの間にか『かわいい』に戻っていた。文句を言って勉強を教えるのを放棄されても困るので、黙っておく。御早に言われるならまだしも、年上の女性に言われると複雑な心境になってしまう年頃だった。

「でも、適度な糖分摂取は大事よ？」

「……ぼく、御早さんといると馬鹿になる気がして。だから受験中は、いつも自分でお預けしているんです」

「馬鹿になるって？」

「何も考えられなくなるんです。だから覚えた公式とかも消えちゃうし」

「……ふむ」

ほうじ茶ラテが美味であると気づいたのは最近ではない。それも、どこのラテでもいいわけではなく、ここのカフェのがピカイチなのだ。だからここで琴子に勉強を教わるときだけ、自分へのご褒美にしている。

「なるほど、実質的な糖分は摂取できているわけね」

真白の話を聞いて、真面目な顔で頷いた。御早がいないと、誰も突っ込んでくれない。

「その代わり、受験が終わったらもうしばらく勉強しないで、好きなだけ御早さんのそばにいますから」

きっと大丈夫です、と気合いを見せる真白に、琴子は舌を巻いた。

「ストイックねぇ」

「御早さん、終わったらすごく甘やかしてくれるんです」

「……へ、へえ」

どんなふうに？　と聞くのが怖くなるほどの、恍惚加減であった。

でも、挫けそうなときも、爆発しそうなときだって、もちろんある。短くない期間で、そこまで完全に断絶するのは、やはり人間のため無理だった。いっそサイボーグになって感情を消すか、断絶の記憶を飛ばして、次に目を開けたら合格、好きなだけ御早といられる、という状況になってやしないかと夢が広がる。

分かりやすい現実逃避をしていて、効率が落ちてしまっては元も子もない。

そういうときは、滑りが悪くなった箇所にオイルを垂らすかの如く、他の介入が必要になってくるのだ。御早はもちろん、真白が自分を断つことを良くは思っていない。

真白のためというより以前に、自分が寂しくなってしまうから。もちろん口に出しては言わないけれど。

受験中、真白の部屋の壁には『御早禁止』の張り紙が貼られる。自身を戒めるためのものだろうが、これは、御早にとってはけっこう傷つく。御早は真白ほど我慢強くないため、真白が学校に行っている間に部屋に入り、ごろんと寝転がって天井を見上げている。もちろんそれでも足りないが、何もないよりかはマシである。

限界が突破すると、真白は夕飯時に、特例を出すのであった。

「すみません、今日だけ一緒に寝てくれませんか」

「…………」

「限界です……合格できたとしても、死んでいたら意味がないので」

「……そう、だね」

「だめですか?」

少々やつれている真白が恐る恐るお伺いを立ててくるのを、御早はもちろん断らない。断れない。頑張っている真白に、自分の理性の勝ち目がないからなど、関係ないことだ。

ご飯を食べ終えて、先に入浴を済ませている真白の部屋に向かう。これまで真白が寝入ってから部屋に行っていたから、待たれている状態で行くのはやや緊張する、というか。まるで夜這いみたいではないか、と甥には口が裂けても決して言えないことを考えずにいられない。

初日から潜り込んでおいて今さらだろうが、最近お預けを食らっている上に、気持ちの膨らみが抑えられない。そんな状態で、一緒に寝ませんかというお誘い。

「……真白がかわいすぎてつらい」

一昔前に流行ったであろうラノベのタイトルみたいなつぶやきが、廊下の空気に溶けた。

こんなにつらいとは。自身の心理描写がどんどんライトになっていく感覚が怖い。どんどん軽くて、馬鹿な思考になっていく気がしてならない。

御早も、真白に負けぬよう仕事を頑張っているつもりだ。自分にできそうだと判断したならなるべく断らず、そして煩悩を抱えながらも上手くいっている。順調ではないのは、真白との間にある距離だけだった。

「ふぅ……」

方向を変え、縁側へと向かう。寝ている真白ももちろん今の御早にとって毒だが、起きていればどんな扇情的なことを言われるか分かったものではない。時間をずらし、真白が寝た後にお邪魔すれば、あるいは。

煙草に火を点け、紫煙をくゆらせている間も、なかなか落ち着かない。

こんな邪な気持ち、真白に知られたくないなあ、とぼんやり考える。

でも、これでもアピールはしているつもりだった。それに応じないのは、真白にはまだ心の準備ができていないからに他ならない。あと、今は特に受験中で、そんな考えはこれっぽっちもないだろう。ありとあらゆる煩悩を捨てきって、勉強に邁進している甥は、真面目過ぎるくらい真面目で、少しませたところがあろうと、純真なのは変わらないのだ。

「俺は、大人。真白の叔父。姉さんの忘れ形見……」

ぶつぶつと言いながら、廊下を進む。よし、少しだけ落ち着いてきた。

真白の部屋に着き、すら、と戸を開いた。電気は消えていて、真白自身も布団の中にいるようだ。ほっと息を吐く。良かった、もう寝てしまったのだ。

掛け布団をめくり、身体を滑り込ませる。すでに真白の体温で温まっていて、心地が良かった。ああ、邪なものもだんだんと薄れていく。大丈夫、と気持ちが上向きになる。

「真白、お疲れさん」

小さな声でつぶやくが、相当疲れているのか、真白はすぅすぅ寝息を立てて健やかに眠っている。ああ、かわいい。変な欲とかではなく、純粋にそう思う。

このまま眺めていても、理性が負けそうになっては困るので、御早も眠ろうと瞼を閉じた。最悪、自分が安眠できなくても、御早がいることで真白がよく眠れるのなら、構わない。

喜んで眠れぬ夜を過ごそうではないか。

ただ、欲が生まれるのは困る。いつものように抱きしめずに、となりに横たわったまま、目を閉じて、浅い眠りにでもつこうと思った。


大学受験が、無事に終わる。

結果は合格。だが、大学に入れるということよりも、御早解禁になったほうが嬉しい。

居間で仕事をしていた御早は、結果を聞いて目を丸くした。驚きが何よりも先に来たらしくしばらくぽかん、と呆けてから真剣な顔でまじまじと真白を見た。

「きみは天才だな。現役合格なんて」

御早に褒められて大満足な真白は、頬の緩みをもはや制御するすべを持っていない。でもせめて隠したくて、御早の腕にまとわりつく。えへへ、と笑いが殺しきれない。祝ってくれることも褒めてくれることももちろん嬉しいが、こうして触れても罪悪感が過らないことが心の窮屈さをなくしてくれる。

御早だ。

生御早だ。エアじゃないって素晴らしい。

「真白が大学生かぁ」

大学生になろうとも、じゃれついてくる真白を愛しそうに眺めながら、ふとつぶやく。琴子が言っている通り、成長というのはやはり感慨深いものがあった。

誕生日も迎え、十八歳になった。十八ですよ、十八。と何回でも言って自慢してくる真白はとてつもなくかわいい。本気で十八の男なのか、と言いたくなる。

「しばらく勉強したくないです、公式も見たくないです」

「うん」

「御早さん」

「よく頑張ったな、偉い」

「ふふ」

子供扱いするなと怒られるかと思ったが、頭を撫でると嬉しそうに受け入れている。

変な見栄がなくなったのだろうか。前よりも背伸びをしている感じがしない。ありのままの自分で過ごしていることが、見ていて分かる。受験が終わった解放感で愚痴をこぼす姿は、出会った頃よりも幼く感じるくらいであった。

当たり前だが、背も伸びた。御早を追い越すことはないが、視線の高さが前よりも近くなった。

「合格祝いしなくちゃな」

「え、前にもやってもらったのに」

「あれは高校の合格祝いだろ」

「はあ……」

「乗り気じゃない?」

祝われるのは好きじゃないというのも、珍しい。高校のときは喜んでいたと思ったが、飽きたのだろうか。

「恥ずかしいので……自分が祝われるのって、照れるといいますか。峰伊さんとか、盛大にやってくれるので」

「……ささやかなのがいいってこと?」

御早も大々的な祝い事というのは、あまり得意ではない。授賞式にたまに参加させられるけど、ああいうのも苦手だ。たとえ自分が主役でなくても、場の雰囲気でうんざりする。早く家に帰って、ゆっくりしたいと思っていた。ましてや真白は祝われるメインだし、いくら小規模であったとしても祝いの席の類が苦手なのか、と血の繋がりを不意に感じさせられる。

顔を覗き込んで、申し訳なさそうにしている真白に、微笑んだ。

「分かったよ。きみが少しでも嫌と感じることはしない。峰伊にも言っておく」

「……すみません。嫌なわけじゃ、ないですけど」

「うん、大丈夫。でも、めでたいことに変わりないからな」

頭に手を乗せ、髪をくしゃっと混ぜる。これはもはや、真白を褒めるため、喜ばすためだけではなく、御早がしたいからしていることだった。

こめかみの生え際をなぞり、頬に手が滑っていく。解禁されて嬉しいのは、真白だけではない。合格できたことを一番に喜んで祝ってあげなければいけないはずの御早だが、一緒になって解禁のほうを優先的に喜んでいる事実を、隠しておかねばならない。

久々にお互いがお互いの肌に触れ、その熱を感じる。今まで死んでいたわけでもないのに、生き返った心地がした。

「疲れただろう」

「はい、少し」

心配させまいと我慢することも減った。良い傾向である。

「あ、すみません。ぼくばかり浮かれて……お仕事中ですね」

……前言撤回。ぱっと離れてしまった真白に、仕事なんかよりもきみのが何万倍も大事だと言ってやりたかった。だが、そんな気障なことを言って引かれても困るので、口を噤んで真白を引き寄せるだけにとどめる。

「御早さん？」

「真白が頑張った結果が出たんだ。俺だって嬉しい。別にきみばかりではないよ」

俺だって、浮かれている。でもそれが合格というよりも、解禁に高揚しているのは、保護者失格だろうな、と思う。

「大人しくしているので、そばにいていいですか」

「話してたっていいよ」

「弁えてます。御早さんの邪魔はしません」

「え、仕事しろってこと？」

ショックを受けたふりをすると、真白はおかしそうに声を出して笑った。

笑顔が断然、増えたと思う。笑むことに抵抗がなくなったといったほうがいいか。以前は、良くて微笑むくらいだったのが、大きな進歩だ。御早も無表情ではないが、豊かなほうでもない。少なくとも、自分ではそのつもりだった。

でも、真白といると頬や口元の緩みをふとした瞬間に自覚する。

不満があったり嫉妬すれば、唇が尖る。全部、真白に大きく影響されていた。

「……ぼく、大学も行っていいんでしょうか」

ふと、声を落としてそんなことを言う。真白が、高校を卒業したら働きたいと、自立したいのだと思っていたことは、すでに話し合い済みだ。やりたいことが見つかっていないなら、なおさら探しに行ってみればいいと言ったのも御早だ。両親が遺していたものと、御早が少し援助すれば十分に行ける環境が整うのだから。

でも、経済的なことのほかに、心配もあるのだろう。

「まあ、大学は人多いもんな」

「………………」

昔より少しは克服できたことを鑑みても、大学という大所帯では大変な思いもするだろう。サークル勧誘なんか、きっともみくちゃにされてしまう。けれど、逃げたくないという真白の気持ちも知っている御早は、あえて大学進学を勧めたのだ。

「きっと、真白にとって得られるものもたくさんあるよ」

恐怖や不安に打ち勝って、受験を決意しただけでも褒め殺してやりたいくらいだ。

真白はこれからもっと頑張って、いろいろなものを克服していって、この上ない幸福を感じていって欲しい。

「無理しなくていいから、できる限りやってみるといい」

「……はい」

少しは不安を払拭できただろうか、と考えつつ、癖のように真白に触れた。髪を撫で、梳き、頬に指を滑らせる。

「……そういえば」

「ん？」

「ちょっと考えてるんですけど、バイトしようかな、と」

真白が、少し躊躇しながらもそう伝えてくる。金銭的な面を多少は気にしている真白は、高校生のときもそう申し出たことがあった。人間関係とか、勉強の両立の中に、御早と過ごす時間が削られるという心配も含まれていたが、大学生になってもおんぶにだっこではさすがに恥ずかしいと思った。そう思うのが遅かったくらいだろう。学生の身分にあぐらをかいていてはいけないのだ。

「バイト」

「は、はい。いいですか、しても」

呆けたままオウム返しをする御早に、恐る恐るお伺いを立てる。高校時代は、心配だからと反対されていたけど、今は賛成してくれるだろうか、でもどうだろうと返事の予想ができない。

顎を撫で、首を傾げ、腕を組む。いろいろな動きをしながら御早が考えていた。これ以上どうすることもできない真白は緊張しながらひたすら待つ。

「……まだ反対したら、過保護過ぎるかな」

「はあ、まあ」

「………………」

また考え込んでしまった。真白からしたら、大学進学するのなら人に揉まれるであろうアルバイトだって同じだと思ってしまうのだが、御早は一体どういう考えを持っているのか。

真白には、まだお金を稼ぐのは早いとか無理だとか、そういうことだろうか。

確かに、今まで御早にべったりで何もしてこなかった真白が、いきなり人の役に立ってお金をもらうなど、子供のおつかいくらい心配なのかもしれないが。

「……送り迎えを、してもいいなら、」

「それも過保護ですね」

「きみは、けっこうクールだな」

きっぱりと言い放った真白に、御早のほうがたじろいでしまった。もはや、御早が駄々をこねているようにしか見えない。そんな大人の御早だって、多少特殊かもしれないが小説家という仕事ができているのだから、きっと自分にだって、と少し強気に繋がった。

「時間が遅いから心配してくれるんですか」

「うん、それもある。が、きみに変な虫がつくのも嫌だ」

「……えっと、つきませんよ」

「ついたら困る。夜道で人気のない所に連れ込まれたら終わりだ」

「……帰るとき、メールしますから」

「電話にしてくれ」

「え、じゃあいいんですか」

「今のは言葉の綾だ」

「もう」

「峰伊の真似はいい」

そんなつもりはなかったのだが。文句を言われすぎて、なんでも琴子の小言に聞こえるんだろうか。

「……社会勉強も、必要だと思うんですけど」

「悪い虫につかれることも社会勉強だと？」

「そんなこと言ってません」

「きみな、中学のとき、本屋で絡まれて困ってたじゃないか」

「…………」

ずいぶんと昔のことを蒸し返す。ついでのように幸村王流という元クラスメイトの毒気のない、しかし軽薄な顔が思い出されて、苦い気持ちになった。

「そもそも、何のバイトするんだ」

「……よく行くカフェです」

「カフェ、」

「はますずのほうです」

御早の中には、よく行くカフェと言われて浮かぶのは二カ所だろう。

一つは御早がよく朝食、もといコーヒーを飲みに行く渋い男性がいる鬼原珈琲店。

そしてもう一つは、峰伊によく勉強を教わっていた、はますず。

真白がご褒美にするほど気に入っているほうじ茶ラテがあるカフェだ。高校のときからバイト募集案内のチラシを見かけては気になっていた。自分でほうじ茶ラテを作れたら、とまではいかなくても、携われたら。いつもにこやかに接客している店員にも、尊敬の念すら抱いていた。雰囲気も、通うほど気に入っているのだ。十分な動機にならないだろうか。

「接客？」

できっこないと言われるのだろうか、と身構えながらも顎を引くと、御早は俯いてしまう。何かと葛藤している様子に、少しは検討してくれているのか、と希望も見えてくる。

「……やりたいから、俺に話したんだよね」

「そう、です」

まるで面接を受けている気分になった。まだ応募もしていないのに。

「黙って始めるとか、そういう不義理はしたくないので」

「………」

「御早さんには、いつだって誠実でいます。賛成してくれたらもちろん嬉しいですが、反対されれば、無理にやろうなんて思いません」

「これ、俺が聞かん坊になってるな？」

「心配してもらえるのは、嬉しいです。バイトして、御早さんとの時間が減るのは嫌ですが……なるべく、あなたと釣り合う人間になりたい」

「…………」

ふぅぅ、と炭田呼吸のような息を吐いた。そうまで言われて尚も反対するのは、逆に真白に釣り合いがとれない人間になってしまうと、御早の冷静な部分が強く訴えかけてきていた。

「……分かった。始まりと終わりに、電話するのが条件な」


大学とアルバイトをする生活が、始まった。

シフトは、新一年生ということも考慮し、少なめにしてもらった。休日は隔週で、朝から夕方に入る。

真白が想像していたよりもきつかったが、勉強することも何かを覚えることも苦ではなかった。身体を動かすことだけは、どうにも不得意で、重い荷物をたまに仕事で持つとすぐに筋肉痛になるのだった。

ただ、受験の日々が終わったことにより、布団には毎晩御早がいる。それだけで、一日の疲れが癒されていくようだった。御早の匂いも、体温も、包まれる感じも、ご褒美には十分なもので、このために大学に通い、働けるのだな、と思う。

「いい距離じゃない？」

お茶をしに来た琴子と、休憩の時間に話をすることもある。

寂しさもあるけれど、充実していると伝えたところ、先の言葉が返ってきたのだ。

「そうですかね」

「毎日一緒にいて、べったりしているよりもメリハリが出るじゃない。まあ、寂しがっているのは先生も同じだし、一緒にいるときが却っていいものになるんじゃない？」

「はあ、受験のときよりは制限もしてないし、抑制されている感じはないですね」

ランチのミニサラダをもそもそしながら言うと、琴子はやさしい眼差しになる。

「真白くん、ほんと大きくなったねぇ。はじめて会ったのって、中学の頃でしょ。早いよね」

「……昔の自分を知られているのって、恥ずかしいですね」

「真白くん、死にたがりだったもんねぇ。けど、もう同盟も解散ね」

やれやれ、といった感じに肩を竦める琴子に、真白の表情が少し陰る。

「……峰伊さんは、まだ」

「私はいいのよ。それがあってこその私だし。真白くんは心置きなく、先生と生きたがり同盟組んでちょうだい」

「同盟好きなんですね……」

「最近は人酔い、平気？」

ころっと話を変えられたが、真白も追いかけて対応する。

「だいぶ改善されました。慣れてきたのもあるし」

「うん、良かったわね」

御早の前だけではなく、感情を表に出せるようになって、こうして温かく見守られているのだと実感すると、とても心強かった。昔の真白だったら、そういったものを煩わしく思ったかもしれない。


実は、一番苦労するのは琴子だったりする。

「先生、こそこそしてないで入ればいいじゃないですか」

カフェに入らず、少し離れた場所から甥を見守る叔父の姿があった。

「はっきり言って、怪しいですよ」

「真白に、バイト先にはあまり来ないで欲しいって言われてんだよ。うざがられたら困るだろ」

「……もう遅いんじゃないですか」

「何だと」

隠れるために腰を屈めて身を低くしていた御早が、すっと背筋を伸ばした。その長身は、女性の中でも高めの身長である琴子も優に見上げる体勢となってしまう。見下ろされ、威嚇されても、中身がただの甘い男だと知っていれば、恐怖よりもため息が先行する。

「甘々ですねぇ」

「あ?」

「真白くんのこととなると。砂糖菓子みたいですよ」

「…………」

自覚はしているだろうが、他から指摘されればまた重みも違うのだろう。苦い顔をして、俯いた。責めたわけじゃないのに、何故か少し落ち込んでしまうから、変なところで繊細なんだから、と琴子は思う。だが、その繊細さがあっていい作品が書けるのなら、大歓迎でもある。

「先生、別に悪くないですよ。最近の作品は、胸がきゅんきゅんするって評判ですから」

もっと砂糖足しちゃいましょう！　と意気込んで言うと、何故かため息を吐かれた。

「なんです？」

「峰伊は仕事人間だなぁって」

「問題が？」

「……だから婚期逃すんだよ」

「はあああああ？」

年下の担当作家は、とてつもなく生意気だ。いい作品が書けるからって、言っていいことと悪いことがある。特にデリケートなこの時期の女性に向かって。

「貰い手が最後までなかったら、編集やめてうち専属の運転手になれよ」

「失礼ですよね？」

「はは」

真白もそうだが、御早もよく笑うようになった。

叔父と甥が、不幸な出来事があって引き合わされて、結果笑顔を生むこともあるのか。

人生は、やはり悪いことばかりではないのだ。バランス取れてるなぁ、と思う。

「私が編集やめて、担当じゃなくなったら、困るの先生ですよね？」

「……そりゃそうだな」

少し考え込んでから、やがて笑って同意してくれる。こちらだって、憧れの作家先生の担当をやめる気なんて毛頭ない。御早が肯定してくれれば、なおさら、死ぬまで担当でいてやる、と決意を燃やすのだ。


「倉津くんは物覚えが早くて助かる。即戦力ね」

採用して良かった、と喜んでもらえると、真白も嬉しくなった。人の役に立てているのだ、という実感。必要とされて確立する、自分の存在意義。

「まだ、レジは緊張するんですけど」

「でも、倉津くん驚くほどミス少ないよ。その慎重さ、グッドよ！　慣れたらもっと速く、そして正確になっていくね、きっと」

「は……、だといいんですけど」

言い終わらないうちに、店の扉を新たなお客さんが潜ってやってくる。笑顔での挨拶が、店長の新山さんと重なった。

大学よりも、バイトのほうに重きを置いているかもしれない。

そんなことを帰り道にふと思った。

家事さえもろくに手伝ってこなかった自分が、お金をもらって働くなんてと、自信は決して満々ではなかったが、やってみるとこれが楽しい。三日坊主にならなくて良かった、と安堵もある。

続けられることは、すごいことだと思う。何となく確証もないまま自分は飽き性だと思っていたが、そうでもないらしい。けれど御早にあれだけやりたい、と伝えられたのは今思えば勢いだったのかもしれない。

新しいことが始まり、それに乗じてもっと自分を成長させたい、と。

「…………」

経緯には不安も恐怖もあり過ぎるほどあったけれど、結果は良いものになっている気がする。もちろん油断は禁物だが、一歩一歩は踏み出せているんじゃないかと、真白にしては珍しく自信を抱えていた。

「何より、御早さんが喜んでくれる」

それに尽きる。

大人の御早に、早く追いつきたくてたまらなくて。

でも年の差はどうしたって埋められない。真白が進めば、それだけ御早も進んでいるのだ。これは努力や気合いだけではどうにもならない。だから、真白がたくさん走らなければ。

追いつくのが不可能でも、近づくことは可能だろうから。

「ただいま」

ようやく帰宅し、居間に顔を出すと、御早がはっとしたように顔を上げた。

「おかえり」

今日は休日で、今はまだ夕方だった。平日の遅さに比べると、外の寒さなどが比べものにならないくらい穏やかだ。

大学とバイトが同じ日にあるときよりも、心と身体が軽くて楽だった。

「真白、無事か」

「汗かいてますよ」

抱きつかれて、でも笑いを殺しきれない。今となっては慣れた行為で、御早の背中に腕を回し、その体温を奪おうとするくらいに密着する。もうだいぶ温かいのに、懲りもしないでくっつく。

「じゃあ、先に風呂入ってくる？　沸かしてあるけど」

「はい、ではいただきます」

髪を撫でられた。離れがたくなるから、やめて欲しい。でもこれまで培ってきた忍耐力で自分から手を退かすと、居間を出て浴室に向かっていく。

その背中に、御早の冗談であろう言葉が届いた。

「一緒に入る？」

「え、い、嫌ですよっ」

「そう」

断られたくせに満足そうなのは、からかって真白で遊んでいるからだろう。未だにいちいち反応して動揺する自分が恨めしい。

それから長めに湯に浸かり、入浴を済ませると、御早が台所で夕飯の支度をしていた。タオルを首から掛けたまま、その斜め後ろに立った。

「出た？」

「はい、」

「腹減ったろう、待ってて」

「はい……」

うず、とする。御早を前にすれば、いつもする。でも今は包丁を手にしているし、危ないからだめだ、と我慢する。そのうち、座ってなと促され、すごすごと居間へ戻った。

何だか、久し振りな気がするのは、昨日まで平日だったからだろうか。御早を眺める自分の視線がゆったりしたものに感じるというか、焦って充電しなくてはという焦燥感がないのかもしれない。休日っていいな、と改めて思う。

早く、もっと、くっつきたい。

欲望が、身体のありとあらゆる箇所からオーラとして漏れている気がしてならない。御早も席についてまじまじと真白を見れば、それは簡単にバレてしまうだろう。

「お待たせ」

「は、いえ、すみません」

御早を待っている間に、うたた寝することがなくなった。日頃の疲労は確実に蓄積されているはずなのに、夜にならないとスイッチが切れないのだ。

「わ、生姜焼き」

御早は、ここ数年で料理のレパートリーを増やしていた。最初の頃に食べたおにぎりやお茶漬けを、今でも食べたいときがあるが、御早にとってそれは恥ずかしい過去のようになっているみたいで、頼み込まないとなかなか作ってくれない。

真白は、その頃の御早に今頃追随するかのように、そういった簡単なものしか作れない。カフェで提供する軽食作りも、まだ経験していなかった。

「んん。美味しいです」

「きみのそういう顔がご褒美になるな」

ただ、一人のときはこんなにしっかりと作って食べないらしい。一人分を作るのは逆に面倒だと、真白も聞いたことがあった。

そんな話をしたあと、御早が宙を眺めてぼんやりとつぶやく。

「食にそこまでこだわりなかったしな」

「……ぼくのため、ですか」

御早は頷くことも否定することもなく、ただ微笑む。それが何よりの肯定になっていて、申し訳ないと思いつつも嬉しくなって、照れてしまう。

「ごちそうさまでした」

食べ終え、食器を下げる。台所に立って腕まくりをする真白を、御早は驚いて引き留めた。

「きみはしなくていいよ」

「ぼくばかりやってもらって、悪いですよ」

「きみは労働してきてるだろ」

「甘やかし過ぎですよ」

「無理して欲しくないだけだ。きみが思っているよりも、身体も精神も疲れてるはずだ」

蛇口の水を止め、腕まくりした袖を下ろされる。その一連の動作を見て、不服に思いながらも頷く。確かに軌道に乗って、調子にも乗っているかもしれない。自分の疲れに鈍感になっている可能性も、否定できない。

不承不承、といった感じの真白に、御早はほっとしたようだった。

「いい子だな」

顔を覗き込まれ、御早の顔が急に至近距離になる。唇が寄せられたかと思うと、重なることなくそこで止まった。

「…………」

「…………」

ただ目は開いていて、互いの瞳に互いを映す。まばたきも忘れそうになった頃、すっと離れると鼓動の高鳴りだけが残った。

「……きみの前だと、格好つかないな」

「そう、ですか？」

「我慢が利かない、」

「……じゃあ、ぼく以外の前では、格好つけないでくださいよ」

「ははっ」

分かりやすい嫉妬を表す真白に、つい笑い声がこぼれてしまう。我慢ができないという言葉通り、唇をその額に落とすと、真白の背中を押しやって居間へと戻らせた。

額を押さえながら、洗い物の音に耳を澄ます羽目になった。

「新山さんはすごいですよね、あんなに若いのに店長を任されていて。とてもやさしい人なんですよ」

食後のお茶を二人で啜り、今日あったことや、他愛のない話をする。バイトで褒められたことを言えば、御早はまるで自分のことのように嬉しそうに微笑んでいた。

不意に逸れない視線に気づいて、真白も目が離せなくなる。

「頑張ってるな、偉いね」

「……」

「その新山さんだって、真白だから仕事がやりやすくなったんだろうな」

「……」

「一家に一人、みんな真白を欲しがるだろうなぁ」

「からかってますね？」

「ふっ、」

頬杖をついて喋っていた御早が、真白のジト目に指摘されて吹き出す。

「別にからかったわけじゃないけど。まあ、真白は俺のとこに一人いれば十分だろ」

「ぼくがたくさんいたら気味が悪いですよ、」

「すごく平和な世界になるな」

「そうでもないと思いますけど。それに、ぼくがたくさんいたら、御早さん埋もれちゃいますよ」

「ふは、」

今日は笑いのツボが浅いのか、この話題がツボなのか、喉の奥をくつくつ言わせ、肩を震わすことが多い。いくらからかわれても、そんな姿を見せられては立腹している場合ではない。

かわいい、といつも自分が言われていることを、ふと御早に対して思う。眼鏡を持ち上げ、目に溜まった涙を拭うのを見ながら、泣くほどか、とは思いつつも楽しい気分になる。

『かわいい』は、すぐに『愛しい』にすり替わる。

すく、と立つと御早の傍らに行く。すとんと膝を折ると、御早が近くなって気持ちが高ぶった。

「ん、怒った？」

まだ笑いを声に含ませながら、聞いてくる。ことん、と小首を傾げれば、御早も同じ方向にことん、と傾げて視線を合わせてきた。やっぱりかわいい、と思う。

「……御早さん、進捗どうですか」

「え、横に来てわざわざ仕事の話？」

「ぼく、明日休みなんです」

「ああ、知って……る」

語尾が消えていくのは、真白の言わんとしていることを察したからだろうか。顔を大きく背け、手のひらで覆う。

「……きみな、そういうのをどこで覚えてくるんだ」

「御早さんの小説」

「嘘だろ」

「嘘です」

「…………」

御早が床に伏した。いつも遊ばれている仕返しができたと、真白はご満悦だった。

「勘弁しろ。峰伊がバラしたのかと思った……」

「小説、弱点ですね。そういうの書いてるんですか」

「…………」

「峰伊さんからは胸がきゅんきゅんする、ってことしか聞いてないですよ。タイトルもペンネームも知らないです」

「……その情報だけで死ねる」

「そんなに恥ずかしいですか」

「恥ずかしくない奴がいるならお目にかかりたいね」

ふてくされてしまった御早に少し困りながら、膝小僧をズボンの上からつつ、となぞる。ぴく、と身じろいで真白の手から逃げた。

「くすぐったいんですか？」

「うん」

「弱点がよく見つかる日ですね」

「……弱点、か」

腹筋を使って、御早が勢いよく上体を起こした。真白は驚いて仰け反るが、すぐに腕を引っ張られて捕まる。

「俺の一番の弱点はきみだから、覚えておけば？」

「……っ」

「何でもきみに左右されちまうよ、俺は」

腕を掴んでいないほうで、眼鏡を外す。その動作があまりに色っぽくて、見とれる。

そして今度こそ顔が寄せられ、唇が重なり合った。


初夏の陽気は、温かい。空いている時間帯を選んで乗った電車はがらがらで、真白と御早を除いて二組しか見えなかった。それぞれスマホの画面を見ていたり、本を読んでいたりと、こちらに頓着する者はいない。

電車特有の揺れを感じながら、窓の外をぼんやり見ていた御早に視線を移す。

「人の少ない電車っていいですね、なんか平和で」

「朝の通勤ラッシュが地獄なら、ここは比べものにならんほどいいものだな」

「果てがないみたいですね……」

それでも目的の駅に到着し、二人で降り立つ。青空が広がる中、鳥の鳴く声だけが微かに聞こえてくる、のどかな場所だった。

道すがら買った花を抱え、一生懸命歩いている真白を横目で見守りながら、進んでいく。

やがて着いた墓地に足を踏み入れ、『倉津家』の墓の前に立った。

簡単に掃除をし、花を置き、御早のライターで線香に火を点けた。

「…………」

手を合わせるが、二人に言葉はない。本来であれば、両親に向けて、姉に向けて、何かしらの声をかけるべきなのであろうが、自然と出てくるものがなかった。

それぞれの心の中で、故人に想いを馳せる。

この無言のまま、お墓参りが済むかと思われたが、御早が小さく口を開いた。

「姉さん、義兄さん。真白は、元気だよ」

「…………」

真白は口を噤み、墓石から御早に視線を向けた。それからすぐに、両親が眠るほうへと、向き直った。

御早は、もっと何かを言いたそうにしていたけれど、結局は口を閉じて、それ以上は言葉にしなかった。

ごめん、悪かった、そう言いたいのだろうか。二人の息子である真白を、すぐ横に置いておくことに対して。そばにいたいと、願ってしまったことに対して。

故人は、どう思っているか分からない。

真白の母で、御早の姉は、怒っているだろうか、それとも二人の幸せをこれからも願ってくれるだろうか。

だがもう、生きている人間の臆測でしか、許れないのだ。それなら、残された二人の望むようにするしかない。言い訳じみているだろうか。

「……また、来るよ」

最後にやっと、そう言葉を発することができた御早は、まだ忘れ物があるような表情で、立ち上がった。

「疲れたから迎えに来いって、ほんと人使い荒いんだからもおおお」

車を停車させ、開けた窓からぷんすか怒っている琴子が顔を出した。

「電車はもうラッシュの時間だ」

「今回の作品も良かったからいいですけどね別にっ！」

やさしい琴子だった。

後部座席に、申し訳なさそうにしている真白を乗せ、御早は我が物顔でどかっと続く。走り出した車内で、御早が安心したような息を長く吐いた。

「峰伊のタクシーが一番だな」

「タクシーじゃないですよ？　そりゃ私は安全運転ですけどね？」

「すみません、峰伊さん」

「先生！　真白くんに謝らせないでください！　何も言えなくなっちゃいます」

景色が、流れていく。安全運転な峰伊の車は、緩やかに走っている。

母親のゆりかごを想起させられて、安心に包まれた。そんな真白の様子に、御早がささやくように言う。

「着いたら起こすから、寝ろ」

「ふぁ……」

目を閉じた真白から視線を外さない御早に、琴子は嫌な予感がして口を開く。

「先生、車の中で手、出さないでくださいね……」

琴子の小声での忠告が聞こえなかったかのように、御早は真白の頭を撫で、頬に手のひらを滑らせる。帰ってからにしてくださいね、とバッグミラー越しに尚も注意してくるのを煩わしく思いながら、すでに眠ってしまったその額に唇を落とす。

「ちょ、」

「うるさい。前見て運転しろ」

「ちょっとは場所考えてくださいっ」

「仕方ないだろ、かわいいんだから」

「もおおお」


いい夢を、見た気がした。起きればすぐに忘れてしまいそうなそれを、消さないように必死にたぐり寄せ、浮上しそうな意識を繋いでおく。

逃がさないように、記憶の底に沈んでしまわないように。

家に着いて、やはりその夢を忘れてしまったが、何となく母が笑っていた気がする。

ぼんやりと、そんなふうに思う。

いつか風化していくそれを、今だけは、心にそっと抱きしめて。

忘れ形見は、今日も叔父と暮らしていく。

完

著者プロフィール

菅原 千明（すがわら ちあき）

月並みな言葉ですが、読んでくれた人に少しでも〝何か〟を残せるように。

私の生きた証でもある、私の好きが詰まった小説が、この世に出せたことを嬉しく思います。

忘れ形見は叔父と暮らす

2021年12月15日　初版第１刷発行

著　者　菅原 千明
発行者　瓜谷 綱延
発行所　株式会社文芸社
〒160-0022　東京都新宿区新宿1－10－1
電話　03-5369-3060（代表）
03-5369-2299（販売）

印　刷　株式会社文芸社
製本所　株式会社MOTOMURA

ISBN978-4-286-23137-2